SIS
丹沢湖駐在 武田晴虎

鳴神響一

角川春樹事務所

Special
Investigation
Squad

Contents

序章　祈り

秋空は痛いほどのコバルトブルーに晴れていた。

だが、横浜市瀬谷区竹村町の現場は、そんな空とはあまりにもそぐわない修羅の場と化していた。

神奈川県警捜査一課特殊捜査第一係第四班長の武田晴虎警部補は、指揮車のなかでＰＣモニターやいくつもの無線と向かい合っていた。

むろん空を見上げる余裕などなかった。

ＳＩＳ（Special Investigation Squad）の略称を持つ県警特殊捜査係は刑事部のなかでも精鋭ぞろいであった。

神奈川県警の場合には、第一係がおもに誘拐と人質立てこもり事案を扱い、第二係が列車妨害などの交通機関関連事案や工場等の爆破事案などを扱っている。

事件の第一報は午後一時七分の一一〇番通報だった。

中年男が女性の家に押し入って立てこもった。男は奇声を発しているという近所の人からの通報だった。

現場は畑に囲まれたのどかな住宅地であった。

付近を巡回中の機動捜査隊員が現場に急行したところ、三階建ての低層マンション二階の一室から男が怒鳴り声を上げていた。

近所への聞き込み等の初動捜査の結果、立てこもっている男は西山昌志、四七歳。元広域暴力団朝比奈会系の三次団体構成員であることがわかった。人質は三ヶ月前に別れた妻の小沢安実二七歳で職業は風俗関係だった。

安実の友人への聞き込みから、二人の離婚理由がわかった。

覚醒剤使用でものの役に立たなくなって組を破門された西山は、妻の安実にたびたび金をせびるようになった。耐えられなくなった安実は、弁護士の力を借りてなんとか協議離婚を成立させたのだった。

別れた妻への未練からか、あるいはクスリを入手するための金目当てからなのか、西山が安実の部屋に押しかけたところでトラブルが発生したものと思われた。

刑事部長判断でSISの出動が決まり、晴虎たちの第四班に下命された。

晴虎たちは海岸通の県警本部から、特殊捜査専用の指揮車と資材運搬車を連ねて現場へ向かった。

指揮車は白いスモークを窓に張り巡らせたマイクロバスで、ルーフ上にアルミの大きなラックと数本のアンテナを装備している。また、内部は各種の通信機器やPCを備えていた。資材運搬車は紺色に塗色された中型パネルトラックで、突入用の梯子や照明器具、フアイバースコープなどさまざまな資材を積載していた。

現場到着は午後三時二五分だった。

それから約一時間、晴虎は指揮車内で立てこもり犯の西山と対峙していた。

すでに同じマンションや近隣の住人の避難は終わっていた。

「海野より前線本部、マル被は興奮状態にある模様」

副班長の海野親史巡査部長の押し殺した声が無線から響いた。

「海野より本部へ、マル対女性の金切り声が聞こえます」

次々に危険な状況が報告される。

安実の部屋ははめ殺しの天窓を除き、すべての窓にシャッターが降りていた。

建物内にファイバースコープを挿入できる換気口が見つかった。だが、現在視認できているのはリビングで、西山や安実のいる部屋まで届いていなかった。

内部の状況が視認できず、集音マイクによる会話の把握もできていなかった。

最近の新しいマンションは、ＳＩＳにとって手強い造りになっている。

「シャブ中は厄介だ。幻覚、妄想、パラノイア……危険な症状のオンパレードだからな」

隣の席で安実の携帯に電話を掛け続けている仁科盛夫巡査部長に向かって、晴虎はつぶやいた。

「まったくです。おまけにフラッシュバックまでありますから」

仁科はいまいましげな声で答えた。

西山の携帯は料金を支払っていないためか止められていた。また、この住居には固定電話はなかった。

「もしもし、もしもし西山さんですか」

仁科が懸命(けんめい)に呼びかけ始めた。

電話がつながったのだ。

「うるせぇんだよ。俺(おれ)は神さまから選ばれてるんだ。その証拠に部屋のなかがピカピカに光ってる」

モニタースピーカーからガラガラ声が響いた。

「な、なんだ。おまえらは悪魔か。悪魔が俺を狙(ねら)ってるのか」

幻覚症状が起きているのか、西山の言葉は支離滅裂(しりめつれつ)だった。

「うわーっ！　壁から白い手がいっぱい出てきた！」

電話はいきなり切れた。

仁科はコールし続けるが、反応はなかった。

「まずいな……」

晴虎は唇(くちびる)を噛(か)んだ。

西山は明らかに覚醒剤長期使用者独特の精神異常状態にある。

危険極まりない状況だ。

「いま本部から警備部特殊急襲部隊（ＳＡＴ）の狙撃班がこちらへ急行しているとの連絡

が入った。ＳＡＴの到着まで待てるか」

特殊捜査担当管理官の片倉景之警視が背後から声を掛けてきた。

片倉管理官はＳＡＴに下駄を預けたいと考えているようだ。

晴虎も現状はすでに説得や交渉の入る余地はないと考えていた。

安実がいつ犠牲になってもおかしくはない。

犯人確保より射殺の道を選ぶのもやむなしと判断している。

だが、問題は到着時刻である。

「どれくらい掛かりますかね」

「おそらく三〇分前後だと思う」

「狙撃の態勢を敷くのにも時間が掛かりますね」

「そうだな」

片倉管理官は眉を曇らせた。

「マル被は錯乱状態です。正直申しあげて、説得・交渉できる状況ではありません。人質の人命尊重の観点からは射殺もやむを得ないと思量します。しかし、ＳＡＴの到着まで三、四〇分も持ちこたえられるかどうか……」

晴虎は自分の意見をありのままに述べた。

そのとき、集音マイクをモニターしていたスピーカーから、バタバタと床を踏みならす音が響いた。

目の前の大型液晶画面に映っていたリビングに、二人の人影が現れた。

「ヤツです」

仁科の乾いた声が聞こえた。

「ああ……」

晴虎は画面を食い入るように見つめた。

黒っぽいブルゾンを着た西山が、パジャマ姿の安実を引きずるようにして部屋のまんなかまで進んだ。

西山の目が据わっている。

全身が小刻みに震え、歯の根が合わないのか、口もとがガクガク言わせている。

右手には小型のオートマチック拳銃が握られていた。

西山が天井を見上げた。

「うわっ、ヤツがっ」

西山はいきなり銃口を天井に向けた。

パーンという銃声が空気を切り裂いた。

天窓が割れて、ガラスが薄ピンク色のカーペットに飛び散った。

安実の部屋の上には三階部分がない。

「くそっ、ヤツめ、やっぱり道具を持ってやがった」

仁科が小さく叫んだ。

こういう場合の道具とは拳銃を指す警察用語である。

「最悪の展開だ」

晴虎は歯嚙みした。

直後に無線を受信しているスピーカーから海野の緊迫した声が響いた。

「マル被が室内で発砲。繰り返します。マル被が室内で発砲」

「被害状況を報せろ」

「天窓に向けて発砲したため、二階天窓が一枚破損。それ以外は不明です」

海野は緊迫した声で答えた。

「前線本部から駒井、天窓付近の状況を報せろ」

晴虎は屋根に待機している駒井直也巡査長に呼びかけた。

「駒井です。天窓への銃撃で不透明のガラスが割れてリビング内が目視可能となりました」

「マル被、マル対は？」

「マル被、マル対ともケガはない模様」

画面に映っている西山はあたりをキョロキョロ見廻している。

右手を西山につかまれた安実は、真っ青な顔でぼう然と立っていた。

「リビングにはガラスが散乱しています。ここからの狙撃は人質を巻き添えにする危険があり困難と思量します」

「銃器の使用はするな」

晴虎は厳しい声で命じた。

「天窓から突入できます。目測で二二〇センチ。突入許可を下さい。飛び降りざまにマル被を急襲します」

「いや、危険だ。降りるときに無防備になる」

「ですが、マル被は錯乱（さくらん）してます。マル対の生命が危機にさらされています」

「松尾（まつお）をそっちへ向かわせる。応援を待て」

「ですが、マル対は非常に危険な状況です」

「許可できない、松尾が到着するまで待機しろ」

松尾信彦（のぶひこ）巡査部長が屋根に上がるのには二分はかかるだろう。

天窓から突入するのは、マル被が銃器を持っている以上、大変な危険を伴う。許可すべきではなかった。

安実の生命に危機が迫っている。

もう突入を待てる状況ではなくなった。

「管理官、ＳＡＴを待っていられないようです」

晴虎は片倉管理官の顔を見上げた。

「ああ、人質が危険だ」

片倉管理官は乾いた声を出した。

「突入を許可して下さい」

「やむを得まい」

片倉管理官は重々しくうなずいた。

そのとき、画面の西山が大きく顔を歪(ゆが)めた。

「こっちへ来るなぁ」

深い縦じわを眉間(みけん)に刻み、鬼のような形相(ぎょうそう)で叫ぶと、西山は拳銃を右手の壁に向かって構えた。

パン、パン、パン、三発の銃声が立て続けに響いた。

画面に木片が飛び散った。

「家具が被弾して破砕(はさい)されました。班長、もう待てません」

「わかった。本隊と同時に突入だ。待機しろ」

「了解ですっ」

駒井の力強い声が響いた。

この判断は正しいだろうか。

晴虎は自分の判断を素早く反芻(はんすう)した。

ＳＩＳ隊員のアサルトスーツは頭部と上半身は厚い防御が施されている。

だが、両脚はニーパッドなどは装備されているが、防備は薄い。

二二〇センチを飛び降りる間に、駒井の脚部は無防備となる。

しかし、本隊が玄関から突入すれば、西山も気づく。

本隊がリビングに辿り着くまでの間に、人質の安実を撃たない保証はない。

玄関と天窓からの同時突入は避けられないと晴虎は判断した。

できるものなら、晴虎は自分が天窓から突入したかった。

だが、晴虎は指揮官だった。

全隊員の動きを統括指揮する責任がある。

駒井に取って代わることは許されない。

晴虎は海野に呼びかけた。

「前線本部から海野」

「海野です」

「屋根の駒井が、破壊された天窓からの突入を待機している。援護のために松尾を屋根に向かわせろ」

「了解っ」

「拳銃の使用はできるだけ避け、マル対に危険が及んだ場合のみ許可する。本隊は玄関から突入する。人質に危険が及びそうになったら、駒井の天窓からの突入命令を下す。全隊員、突入準備せよ」

「了解……」

「了解です」

海野と駒井の声はわずかにかすれた。

どんなに訓練されたＳＩＳ隊員でもこの瞬間に緊張しない者はいない。

「松尾、屋根に到着っ」

駒井の声が無線から響いた。

「本隊も天窓組も音響閃光弾を使用する。天窓組は駒井が突入する。松尾は拳銃による突入支援態勢を取れ。ただし、発砲はマル対および駒井の安全を確保できない場合には認めない」

「了解です」

松尾の声が聞こえた。

相変わらず、西山の挙動は不安定だ。

きょろきょろあたりを不審そうに眺め回したり、小首を傾げたり、いきなり仰け反るような姿勢を取ったりしている。

幻覚に脅えているとしか思えなかった。

安実はうなだれてぼんやりと立っている。

恐怖が続いて虚脱状態となっているのかもしれない。

玄関からはアルミ扉を銃器で破壊して侵入するしかなかった。

突入の際には、鍵穴めがけて弾丸を発射して解錠するドアブリーチングという技術を使う。チェーンロックは強力ワイヤーカッターで切断する。

「海野から前線本部。玄関の錠破壊成功、突入準備完了」

海野の押し殺した声が響いた。

晴虎は画面を見入った。

ドアブリーチングには消音器つきの拳銃を使用したが、それでも、西山は異変に気づいてしまった。

「来るなっ、こっちへ来るなっ」

玄関方向の左の壁に向かって銃を向けて構えた。

「本隊、突入せよ」

晴虎は静かに下命した。

スピーカーから隊員たちの足音が響いた。

続けて音響閃光弾の破裂するぱぁーんという音が響き渡った。

一瞬、画面が真っ白に飛んだ。

白煙が画面を覆う。

だが、閃光弾の威力が不十分だったのか、煙が薄くなると、西山はふたたび立ち上がった。

「来るなっ、来るんじゃねえっ」

西山は画面左手に向けて銃を構えた。

画面には映っていないが、左端に本隊が銃を構えているのだ。

「助けてえっ」

金切り声を上げて安実が本隊に向けて走り始めた。

「安実、逃げるなっ、撃つぞっ」

安実は恐怖に駆られたのか、途中でうずくまってしまった。

「う、撃たないで……」

かすれた声が響く。

「逃げるなって言ってんじゃねぇか」

西山は安実の背中に銃口を向けた。

一刻の猶予(ゆうよ)もならなかった。

「駒井、突入せよっ。松尾は突入支援っ」

「了解っ」

ガイドロープがぱらっと下がった。

「待てっ、閃光弾を使えっ」

晴虎は駒井に向かって叫んだ。

だが、遅かった。

そこからの数秒はスローモーションのように見えた。

駒井のがっしりした身体(からだ)が天井から降りてくる。

西山は天井の異変に気づいた。

反射的に銃口を上に向けた。

この位置関係では、松尾は発砲できない。

パーン。

西山は引き金を引いた。

晴虎の全身が凍った。

できることなら、いま駒井に取って代わりたかった。

だが、そんな思いとは裏腹に事実は推移した。

駒井の巨体がドサッと音を立ててカーペットに転がった。

「安実さん、伏せてっ」

海野が叫んだ。

うずくまっていた安実はうつ伏せの姿勢を取った。

「側面の壁を撃てっ」

海野の叫び声がスピーカーから聞こえた。

パン、パン、パンッ。

続けて何発か銃声が響いた。

威嚇（いかく）射撃だ。

硝煙の煙が画面を覆った。

西山は身を縮めてうずくまった。

画面左手から本隊の隊員たちがどっと押し寄せた。

隊員たちが西山に殺到した。

あっという間に、西山の身体は拘束された。

一人の隊員が安実に駆け寄って抱え起こした。

「マル被確保。マル対を保護しました」

海野の声が聞こえた。

指揮車にいるほかの者は駒井の異変に気づいてないのか歓声を上げている。

「駒井隊員が銃弾により負傷。重傷の模様。救急搬送を要請します」

海野は大きく声を震わせて報告した。

「仁科、救急車を呼べっ」

叫ぶなり、晴虎は指揮車を飛び出した。

西山が手錠を掛けられ、安実が毛布を掛けられて出てきた。

だが、ろくに晴虎の目には入らなかった。

晴虎は靴のまま玄関から飛び込んでいった。

リビングの中央に、駒井が仰向けに倒れて、そばに河窪俊二巡査長が付き添っていた。

「しっかりしろ、駒井」

河窪巡査長はおろおろした声を出している。

「駒井、駒井っ」

晴虎が呼びかけると、駒井は薄目を開けた。

「班長、すいません」

消え入りそうな声で駒井は応えた。

「マル対もマル被も無事だ。いいから喋るな」

「俺のミスで……迷惑掛けちまって」

「黙ってろ。いま救急車が来る」

明るいＬＥＤ照明の下で駒井の顔は完全に血の気を失っていた。

足もとにあふれた血が小さな池を作っている。

右足に被弾していると思われる。

晴虎は駒井の右手を両手でしっかりと握り続けた。

駒井の身体のぬくもりを確かめられることが救いだったのかもしれない。

二七歳の駒井は、学生時代はアメリカンフットボールの選手だった。スポーツマンらしくさわやかな男だった。明るくおっとりしたところがあって隊員の誰からも愛されていた。

救急車の音が近づいて来る。

なかなか到着しない救急車を晴虎は恨んだ。

救急隊員がストレッチャーを運んできて、ぐったりした駒井を乗せた。

激痛のためにか、駒井はうなり声を上げ続けた。

「どうか、助かってくれ」

ずっと神に祈りながら、晴虎は近くの総合病院まで救急車内で付き添った。

救急車が病院に着くと、そのまま駒井は手術室に運ばれていった。

廊下の椅子に座った晴虎はずっとうなだれて手術が終わるのを待ち続けた。

いつの間にか深夜になって窓の外は真っ暗になっていた。

手術中のランプが消え、薄緑の手術着姿の医師や看護師が扉の向こうから現れた。

「先生、駒井は、駒井はっ」

すがりつくようにして晴虎は訊いた。

「弾丸は摘出できました。大腿動脈を損傷して出血がひどかったのですが、なんとか修復できました」

医師は冷静な声で説明した。

「では、生命は助かるのですね」

舌をもつれさせて晴虎は訊いた。

「合併症の危険は残っていますが、おそらく大丈夫でしょう」

「よかった」

晴虎は全身の力が抜けるような錯覚を覚えた。

「ですが……」

執刀医は晴虎の目を見てゆっくりと言葉を継いだ。

「大腿骨の一部が砕けていまして、こちらは完全な回復は難しいと思われます」

暗い表情で執刀医は言った。

「というとつまり……その……」

晴虎の全身の血がいっぺんに足もとに下がった。

「後遺症が残ります。ふたたび歩けるようになるかは、いまの時点では希望的なことは申せません」

執刀医と手術室看護師は深々と頭を下げて、廊下を歩き去った。

「なんてことだっ」

晴虎は髪の毛をかきむしって空色のリノリウムの床に両膝をついた。

駒井がICUから一般病棟に移され面会の許可が出たその日に、晴虎は見舞いに行った。

顔色は悪くなかったが、ギプスで固められた駒井の右足を見るとこころが痛んだ。

「班長、俺、バカでした」

駒井ははにかんで笑った。

「なにを言ってるんだ。おまえのおかげでマル対もケガがなかった。マル被も確保されたんだぞ」

「でも、閃光弾使うの忘れて飛び降りちまいました」

しょげた顔で駒井はいった。

「もうそのことは忘れろ」

「班長にまで迷惑掛けちまって……本当に申し訳ないです」

「俺にはなんの迷惑も掛かってない」

駒井は小さく首を横に振った。

「リハビリができるようになったら、必死こいてやります。また四班のみんなと仕事したいですから」

駒井は目を輝かせた。

「そうだな、駒井のことだから、しっかり治せるさ……」

晴虎の胸は痛んだ。

あらためて整形外科医の話も聞いたが、歩けるかどうかはまだわからないとの説明だった。少なくとも数ヶ月のリハビリの経過を見る必要があるそうだ。

ひときわ敏捷さが要求されるＳＩＳである。

駒井の原隊復帰は困難としか思えなかった。

だが、そんなことを伝えるわけにはいかなかった。

駒井が退院した後は、刑事部のなかで働く場所をなんとか見つけてやりたい。

晴虎はつよく願った。


県警内で、晴虎は駒井の負傷の責任を問われなかった。

突入判断にも誤りはないとされ、部下たちの晴虎への信頼も揺るぎないものだった。

刑事部長も捜査一課長も特殊捜査第一係長も、非難めいたことは一切言わなかった。

やむを得ない事態で、晴虎は最大限の努力をし、最良の結果を導いたと誰もが賞賛した。

「冗談じゃない。駒井が歩けなくなって最良の結果なんてことがあるものか」

事件後、部屋で深酒すると、晴虎は天を呪って叫び声を上げた。

少なくともあのとき、自分が突入できていれば、こんなに苦しむことはなかったはずだ。

このままＳＩＳで班長の職務を続けることは難しい。そう晴虎は思うようになった。

二度と突入指揮はとりたくなかった。

いや、突入指揮だけではない。

自分が危険な目に遭うのは覚悟の上だが、部下を危険にさらすのはもう嫌だった。

部下が負傷する場面を、ただ見ていて手出しができない立場などご免だった。

指揮官という立場に自分が向いていないことを、晴虎は嫌というほど思い知らされた。

自分には警察官という仕事しかできそうにない。

そうは言っても、これからは部下を持たない立場を選びたかった。

だが、警部補という階級は所轄署でも係長の職に就くことになる。交番所長も警部補の仕事だが、やはり部下を持たねばならない。

警部補が一人で勤務できる職務は限られていた。

妻の沙也香がいた頃は、晴虎が胸の内を吐き出すと、必ず最高のアドバイスをくれた。

だが、そんな沙也香はもういない。

考え抜き、悩み抜いた末に、晴虎は上司に異動希望を提出した。

部下たちには、敵前逃亡のように思われるかもしれない。

だが、晴虎は自分のこころに正直にしか生きられなかった。

懲罰(ちょうばつ)的意味を持たない異動なので、通常の手続に則(のっと)って晴虎の異動希望は処理された。

三月になって異動の内示が下された。

新年度初日の四月一日からの赴任(ふにん)先を見て、晴虎は静かな笑みを浮かべた。

松田(まつだ)警察署地域課丹沢湖(たんざわこ)駐在所であった。

「さぁ、四月から頑張れよ。武田駐在さん」

遅咲きの梅の花を見ながら、晴虎は独り言(ひとりごと)を口にしていた。

第一章　にわか雨のち晴れ

【1】

梅雨入り前の丹沢湖の空は、ヘブンリーブルーに輝いていた。

山梨県境に続く峰々から入道雲が立ち上って西陽に光っている。

つい先日、新しく配備されたホンダ・ディオの一一〇ccエンジンは小気味よい音を立てて快調に廻っている。二輪のタイヤは吸いつくように路面を転がってゆく。

ワインディングが続く湖沿いの道でおしどり岬を越えると、右手に丹沢湖の青い湖水がひろがった。

おりからの西北の風に、湖面に彩絹のようなさざ波が立っていた。

ここ西丹沢のふもとに湖面をたたえる丹沢湖は、三保ダムによって昭和五三年（一九七八）に誕生した人造湖である。宮ヶ瀬ダムによって生まれた宮ヶ瀬湖と並んで、神奈川県内の湖として我が国のダム湖百選に選ばれている両雄であった。

前方に永歳橋の優美な白い三角形の単塔と斜張ケーブルが見えてきた。酒匂川水系ダム管理事務所の建物を過ぎると、神尾田集落の南端にある松田警察署丹沢湖駐在所はすぐそこだった。

道路の左側にコンクリート打ちっぱなし二階建ての駐在所の建物が見えてきた。築三〇年ほどの、駐在所としてはまだ新しいほうに属する建物である。

地域巡回を終えた晴虎は、スクーターを建物横のカーポートに駐めてヘルメットを脱いだ。

むせかえるほどの新緑の香りを乗せた薫風が、山梨境の菰釣山から吹いてくる。

この地に赴任したときには、山のあちこちを彩るヤマザクラの白い花が歓迎してくれた。

こうして季節の移り変わりを楽しむこころのゆとりが生まれたことに、晴虎は一種の感慨を覚えていた。

いくぶんくたびれた駐在所の建物に、晴虎は愛情を抱き始めていた。

ＡＥＤが設置してあることを示す掲示板が目立つが、幸いにも本駐在所では点検以外にふたを開けたこともない。

左手の壁に提げてある「街頭犯罪対策実施中」と記された小さなビニール垂れ幕も無縁な管轄区域だ。

掲示してある署内の交通事故発生件数も、幸いなことに〇件だった。

「人間到る処青山ありか……」

ヘルメットを手にして駐在所に入ろうとする晴虎はつぶやいていた。

そのとき、イタリアンレッドのオープンエアスポーツが、いま走ってきた方向からやってきて、駐在所の前で止まった。

アルファロメオ・スパイダー。しかも初代である。

モダンなクラシックオープン。晴虎も乗ってみたいと思ったことはあるが、なにせずいぶん前のクルマだし、「曲がらない。止まらない」とも言われるクセを持つというので本気で買おうと思ったことはなかった。こうしたモダンクラシックは維持するだけでも大変だろう。

「ねぇ、おまわりさん」

オープンにした左側の運転席から晴虎よりいくらか歳下の男が声を掛けてきた。

「はい、なんでしょう」

クルマの中から声を掛けるとは失礼だと思いながらも、晴虎は愛想よく答えた。

「北川温泉ってどっち行けばいいの？」

男はぞんざいな感じで道を尋ねてきた。

鼻筋が通った細面で薄い唇にはどこか冷笑が漂っている。

ダークなブラウンに染めた長い髪が似合っているが、ちょっとにやけてキザな雰囲気だった。

男がクルマから降りてこないので、晴虎は歩み寄っていった。

隣に乗っている若い女性を見て驚いた。

ファッションモデルのような美女だった。

輪郭はやや長めだが、あごのかたちがきれいだ。ちょっと愁いを含んだような大きな瞳とふっくらとした唇が魅力的だった。

二人ともキャメル色のライダースジャケットを着ている。六月とはいえ、風はまだ涼しい。フルオープンで走るのにはちょうどよい恰好だろう。

「北川温泉なら、あの永歳橋を渡ってまっすぐですよ」

晴虎は永歳橋の白い単塔と斜張ケーブルを指さしながら答えた。

「あの橋さ、さっきも渡ったんだよ。で、湖沿いに走ってたら、ここへ戻ってきちゃったんだ」

男は不愉快そうに答えた。

「ああ、城山の交差点で右へ曲がってしまいましたね。玄倉川の方向に出たんです。北川温泉に行くには城山をまっすぐに進んで下さい」

「城山をまっすぐね。わかりました」

男は素直にうなずいた。

「いいクルマですね。こんなの乗ったら楽しいでしょうね」

お愛想というより、晴虎の本音だった。

「アルファ好きなんです。まぁ、スパイダーはいまの季節最高ですよ」

男は嬉しそうに笑った。

「では気をつけて」

「ありがとうございました」

低めでざらつきのある独特のエキゾーストノートを残してスパイダーは走り去った。

POLICEの白いステッカーの貼られたガラス戸を開けて晴虎は執務室に入った。

電話の置かれたスチール机とスチールロッカー、各種の掲示物以外にはたいしたもののない部屋だった。

殺風景と言えば殺風景だ。だが、人の出入りが激しく、電話の音が鳴り止まず、四六時中緊張感に包まれた海岸通の本部とは比べようもない静かな空間がひろがっている。

奥の壁の掛け時計の針は午後五時二〇分を指していた。

こんな時刻に勤務が終わることに、いまだに身体が慣れない。

駐在所の勤務時間は午前八時三〇分から午後五時一五分の日勤制で、夜間と週休日は休みである。

しかも勤務時間外に呼び出される事態も、まずはないと言っていい。

だが、晴虎は五時一五分に勤務から解放されたという感覚をいまだに実感できずにいた。

実は刑事たちも同じように日勤で、一週間の勤務時間は四〇時間である。

しかし、捜査本部や指揮本部などが立ち上がると、こんな勤務時間にはなんの意味もなくなる。事件の解決に向けて半徹夜の日々が続くことも珍しくはなかった。

西の方角で低く雷鳴が轟いている。

ひと雨来るかもしれない。

のどの渇きを覚えた晴虎は、略帽をデスクの上に置いて隣の居住部分にあるキッチンへと向かった。

この駐在所の居住部分は一階がキッチン、ＬＤ、トイレ・バスになっており、二階に寝室があった。

執務室と居住部分の間を隔てるドアは夜間は施錠する。また、居住部分には別に玄関も備えられている。

壁一枚隔てたエリアが住居である感覚にも馴染んでいるとは言いがたかった。

流しの蛇口をひねってコップに注いだ水道水を一気に飲み干す。

のどを通る水の美味さに、晴虎はいつもながらの爽快感を覚えた。

むかしより美味しくなったとは言え、わずかに泥臭く嫌な雑味があった横浜の家の水道水とは大違いだった。

丹沢湖周辺は三保簡易水道の施設から水道水が供給される。

さらに奥の地域では次亜塩素酸ソーダによる消毒は為されているものの、ろ過を行っていない原水が供給されている。

いずれにしても水道水がこんなに美味いものだとは、丹沢湖駐在所に住むまでは知らなかった。

冷蔵庫には冷凍の豚肉があった。

タマネギもジャガイモもニンジンもあるし、カレーでも作ろうか。

晴虎はぼんやりと夕食のことを考えた。

「うわっ、だめだ」

ストッカーを覗き込んで、晴虎は小さく叫び声を上げた。

タマネギもジャガイモも恐ろしいほどに芽が伸びている。

ニンジンは、しなびてしわくちゃになっている。

買ったのは四月頃だっただろうか。

食材を無駄にした罪悪感に包まれて、晴虎はストッカーのふたをさっと戻した。

独身時代が長かった晴虎は料理好きというわけではないが、ひと通りのことはできる。

だが、台所に立って包丁を握ると、いまでも胸が締めつけられる。

憂鬱感に襲われて台所から逃げ出したくなる。

タマネギやニンジンを楽しそうに刻んでいた妻の背中を思い出してしまう。

リビングのソファに寝っ転がって、そんな姿を眺めていたオフタイムはもう二度と戻っては来ない。

晴虎の知らない歌を口ずさみながら、ベランダで洗濯物を干していた姿もせつなく浮かんでくる。

妻は専業主婦だったたし、炊事や洗濯は任せていた。

あの日……。

あの日以来、晴虎は生活というものを失った。

いま、晴虎が炊事や洗濯をしているのは、職務を遂行するための補助作業に過ぎない。

いうまでもなく駐在所は、職場と住居が一体化している。公務員としてはいまどき珍しい勤務形態を嫌う若い警察官は少なくない。それが幸いだった。

もしいま、以前の横浜の賃貸マンションに住んでいたら、一人、暗い部屋に帰ることは耐え難いものだったろう。

駐在所から最寄りのコンビニまでは一〇キロ以上あるし、気軽に弁当を買いに行くわけにもいかない。

今日も冷凍食品の惣菜で済ませようか……。

ぼんやりと考えていると、表で高い声が聞こえた。

「すみませーん」

子どもの声のようだ。

赴任から二ヶ月、そろそろ声を掛けてくれる地域住民も増えてきた。

だが、神尾田集落には子どもは少なく、ほかの集落は子どもの足では厳しい距離にある。

子どもが訪ねてきたことはなかった。

晴虎は首を傾げながら、執務室に戻った。

机の前に小学校中学年から高学年くらいの男子児童が立っている。

ブランドロゴの入った白い綿パーカーに七分丈くらいのデニムを穿いている。

キャップの下の丸い顔に大きめの目が賢しげに光っている。

品の悪い顔立ちではないが、どこか生意気そうにも見える。

しょんぼりしているように見えるが、子どもは日常的な落ち着きを失っているようには見えなかった。

生命や身体に危機が及んでいる者がいるという緊急事態とは思えない。

晴虎はとりあえずホッとした。

「こんばんは」

やさしい声を出すように努めて、晴虎は子どもに声を掛けた。

「うっ……」

子どもの顔が引きつった。

晴虎の容貌に引いたようだ。

長年、刑事畑にいただけに、どうしても険しい顔つきになってしまう。

「どうしたのかな」

無理やり笑顔を作ると、頰が引きつる。

子どもは口を閉ざしたままだった。

「ご用はなにかな」

やさしい声で晴虎は重ねて尋ねた。

「児童虐待です」

子どもは、晴虎の目を見てはっきりとした口調で答えた。

「え？　君が虐待されているの？」

思わず声が高くなった。

児童虐待については、警察全体で積極的に取り組むことが何度も指示されている。

昨年も警察庁生活安全局長、刑事局長、長官官房長名で「児童の安全確保を最優先とした児童虐待への対応について」という通達が下りてきている。

この通達によれば、「各種警察活動を通じて児童虐待が疑われる事案（中略）を認知した際には、警察署長に速報する」こととなっている。丹沢湖駐在所員の晴虎としては、本署の松田警察署の地域課長に速やかに報告しなければならない。

「僕は被害者なんだ」

子どもは口調をつよめてきっぱりと言いきった。

あまりに明快な訴えに、晴虎は違和感を覚えた。

とにかくもう少し詳しい事情を聞かなければならない。

「そうか……とりあえず、そこに座って」

晴虎は机の前にあるパイプ椅子(いす)を指さした。

子どもは黙って椅子に座ると、身体を前後に揺らした。

錆(さ)びたパイプ椅子の脚がギギッと鳴った。

「椅子の脚をあんまり動かさないで。ボロいから、バラバラになっちゃうよ」

晴虎はやわらかい声音を作ってたしなめた。

「あ、はい……」

子どもは気まずそうな顔で答えて姿勢を正した。

駐在所の屋根に雨が当たる音が響き始めた。

にわか雨が降り始めたようだ。

晴虎は子どもと話すことには慣れていない。

妻との三年間の結婚生活で子どもはできなかった。

最初の赴任先であった戸部警察署ではもちろん交番勤務の任に就いた。その後、地域課の内勤の後はずっと刑事畑であった。

刑事事件でも、小学生の目撃者などと接することはあったが、会話は得意ではなかった。子どもの発言は多くの場合、内容を汲み取るのに苦労する。少しきつい調子で話すと、脅えてきちんと答えられなくなる。

小学校の教職員などは、自分とは人間のできが違うのだろうと思っていた。

しかし、駐在所員となれば子どもとの会話術もきちんと習得していかなければならない。

「君の名前は？」

「あまりやすふみ」

「ここに漢字で名前を書いて」

晴虎はデスク上に置いてあったメモ用紙とボールペンを差し出した。

虐待の訴えを受けた以上は、調書を作成しなければならない。

子どもはペンを手にして「甘利泰文」と角の多いくせ字を書いた。

「甘利くんは小学何年生だ？」

「小五です」

小学校五年生となると、一〇歳か一一歳のはずだ。

まぁそんなものか。晴虎は年齢を言い当てられるほど子どもの発達段階に詳しくはない。

「どこに住んでいるのかな」

「北川」

泰文は短く答えた。

「永歳橋を渡れば住所は北川だけど、三保、焼津、上ノ原……もっと奥かな」

「温泉のあるとこ」

泰文はぶっきらぼうに答えた。

「ああ、湯沢か」

湯沢集落は、この神尾田集落から、永歳橋で丹沢湖を渡って県道76号で河内川（中川川）を四キロ近く遡った場所にあって、畑集落と合わせて「北川温泉」という通称で知られている。アルカリ性の単純温泉が湧出していて、数軒の旅館が点在しているのどかな湯の里でもあった。

「住所も書けるよね」

ふたたびペンを取った泰文は、迷いなく山北町北川の住所を記した。

四キロ近くの道のりを、子どもの足で歩いてきたとは思えなかった。

晴虎はデスクの引き出しから大学ノートを取り出し、被害者供述調書の下書きをとることにした。

「ここへはバスで来たのかな」

駐在所から三〇メートルほどの場所にバス停がある。

「歩けないよ。遠いもん」

泰文は口を尖らせた。

「五時二六分に着くバスに乗ってきたんだね」

壁に貼られたバス時刻表を眺めながら、晴虎は訊いた。

「うん、そう。二分くらい遅れたけど」

泰文は自慢げに左手首を見せた。

淡いブルーのベビーGが、細い腕で存在を主張していた。

フェイスが小さいのでレディスモデルだろうか。

北川からは八分ほどだが、わざわざバスに乗って駐在所にやって来たとなると、ただごとではないのかもしれない。

西丹沢登山センターを出発し箒沢、北川を経て、ここ丹沢湖のバス停を通って小田急電鉄小田原線の新松田駅まで行くバスが一日に七便ある。

神奈川県西部でも山梨県と隣接しているためか、この地域には富士急行系列の路線バスが走っている。

降り続いている雨の勢いはかなり激しい。

横殴りに叩きつける雨の音でガラス窓が鳴っている。

「ところで児童虐待って言ってたけど……」

慎重に言葉を選んで晴虎は訊いた。

「ママが僕を虐待してるんだ」

目を見開いて泰文はつよい口調で訴えた。

母親による虐待か……。

晴虎は泰文の目を見た。嘘を吐いているとは思えなかった。

「どんな目に遭ったのかな？」

「家に入れてもらえないんだ」

泰文はすねたような声を出した。

「というと、お母さんに閉め出されたのか」

閉め出しは教員などが行えば体罰として違法性を帯びる。

だが、子どもの両親には、民法上も懲戒権が認められている。しつけとしての体罰は法的に許される。

しつけの範囲を超えて、閉め出しが虐待となるかは、その時間的な長さや時間帯、外気温度などが判断要素になる。

たとえば、真夏の猛暑のなかや、真冬の雪の降るなかで長時間放置したり、ひと晩中、家に入れなければ、適法な体罰の範囲を通り越して虐待となり得る。

とにかく詳細な事情を訊かねばならない。

「詳しく教えてくれないか」

「夕飯の前にとつぜん怒り出したんだ。僕を外に追い出して、玄関に鍵掛けちゃったんだ。家に入れないから、ご飯だって食べられないじゃんか。これって虐待だろ」

泰文は目を吊り上げて怒りの言葉をぶつけた。

「お母さんが怒り出したのはどんな理由なのかな」

「昨日も今日も僕の嫌いなおかずだったから文句言ったら、鬼みたいな顔で怒り出したんだ」

「嫌いなものってなんだい」

「鮎の塩焼き」

「なんだって」

晴虎は自分の耳を疑った。

県内では丹沢東山麓の中津川あたりが名産地だが、解禁は六月一日のはずだ。

いずれにしても、いまが旬のご馳走であるには違いない。

毎晩、鮎の塩焼きを食膳に上らせるとは、いったいどんな家庭なのだろう。

「大嫌いなんだ」

泰文は大きく顔をしかめた。

「おいおい、高級魚だぞ。贅沢な話じゃないか」

「知らないよ。変な匂いがするから嫌いだ」

口をつぼめて泰文は文句を言った。

鮎は草食で川底の石などに付着するケイソウ類を主食としている。このためにスイカにもたとえられる独特の香りを持つが、この香りが鮎の魅力のひとつとなっている。

「鮎のあの香りがいいんだけどな」

「鮎のことなんてどうでもいいよ」

たしかに泰文の言う通りだ。

「そうだな……それからどうしたんだ？」

「家に入れなくて困ったから、おまわりさんに助けてもらおうと思ったんじゃないか」

「それでバスに乗ったのか」

「ちょうどバスが来たからね」

「すると、ママに追い出されたのは、そんなに前のことじゃないね」

「カラスなぜ鳴くのって曲が聞こえるじゃん。そのちょっと後だから、五時過ぎ」

山北町では夏季は毎日午後五時に防災行政無線チャイムで『七つの子』を鳴らしている。

この季候、今日のような好天の日に長く見て十数分間の放置は、懲戒権の範囲と言える。

しかし、もし、毎日のように閉め出されていたとなると問題だ。

「ママに家に入れてもらえないのはよくあることなのかな」

「そんなにあるわけじゃないけど」

泰文は言葉を濁した。

「じゃあ、何回目？」

泰文は目をそらした。

「何回目かって訊いてるんだけど」

少しだけつよい調子で晴虎は重ねて訊いた。

「……はじめて」

「そうか、はじめてね」

これは懲戒権の範囲内と考えてよさそうだ。

「ね、こういうのって児童虐待に当たるんだよね？」

身を乗り出して泰文は訊いた。

「簡単には言えないなぁ」

「おまわりさん、そんなに適当に答えていいの？」

泰文は皮肉な声で言った。

「適当になんて答えてないよ」

内心でいくぶんムッとしながら、晴虎は穏やかな声を出した。

「児童虐待って、警察はちゃんと取り扱わないといけないんでしょ？」

泰文はにやりと笑った。

大人を小馬鹿にしたような態度にふたたびムッときた。

「きちんと取り扱っているじゃないか」

晴虎は腹立ちを抑えて低い声で答えた。

「マジに扱わないと、おまわりさんがヤバいんじゃないの?」

人差し指を突き出して、泰文は訊いた。

なんと、この小僧は俺を脅そうとしている。

本当に腹が立ってきた。「このクソガキ」と口に出そうになったが、相手は小学生の子どもである。晴虎はぐっとこらえた。

「とにかくお母さんに会おう」

いずれにしても、母親からも事情は訊かなければならない。

神経が図太そうな泰文のことなので、言いたいことは言ったのだろう。

ほかに体罰などがあるとは思えないが、実際はどうなのかを確認してみたい。

時刻表を見ると、次のバスは六時三五分だった。

五〇分近く泰文を駐在所に置いておくわけにもいかない。

仕方がないので、北川まで送って母親からも事情を訊くことに決めた。

「家まで送ってくよ」

「じゃあ、ママにちゃんと文句言ってよ」

「それは話を聞いてからだ」

晴虎は略帽をかぶって立ち上がり、手振りで外を指し示した。

泰文は不満な顔つきのまま建物から外に出た。

幸いなことににわか雨は止（や）んでいた。

通り雨という言葉がぴったりだった。短時間で済んでよかった。

駐在所脇（わき）のカーポートには、スズキ・ジムニーシエラのパトカーが駐めてある。

ＪＢ43型という先代のタイプで、排気量は一三二八ccの小型四輪駆動車である。

ときに未舗装路にも入っていかなければならない丹沢湖駐在所の任務にはふさわしい車種だった。

晴虎としてはこのパトカーが気に入っていた。

「これ、ジムニーでしょ。ダサいよね」

だが、パトカーを見た泰文の第一声はこれだった。

「パトカーはダサくてもいいんだ」

晴虎は低い声で答えて運転席に潜（もぐ）り込んだ。

泰文も黙って助手席に座った。

ワイパーを動かしてフロントグラスの雨滴を払いのけると、晴虎はイグニッションを廻した。

「でもさ、ふつうのパトカーって、クラウンとかで、もっとでっかくてかっこいいじゃん」

「そうだな」

軽快なエンジン音を響かせてジムニーパトは県道へと滑（すべ）り出た。

西陽がきらきらまぶしく射（さ）し込んでくる。

ボンネットから湯気が立ち上っている。

「駐在所は貧乏（びんぼう）だから、こんなのしか置いてくれないの？」

「ああ、うちの駐在所は貧乏なんだ」

晴虎はいい加減な答えを返した。

この生意気な小僧との会話は疲れる。

小学校の教職員などの苦労がわかる気がした。

もっとも、北川集落までは五分くらいで着く。

それほど長い時間、会話を続ける必要もない。

永歳橋に差し掛かると、山梨境の西の空に虹（にじ）が架かっている。

色彩のくっきりした鮮やかな虹だった。

「すごいぞ、ほらあれ見て」

晴虎は左手を一瞬、ステアリングから離して虹を指さした。

「わぁ、すげぇ」

泰文は感嘆の声を上げた。

「きれいだな」

「うん、きれいだね」

泰文の声は明るく輝いていた。

永歳橋を渡ると、右手には、山北町立丹沢湖小学校と、二〇一四年に閉校となった丹沢湖中学校の跡地を利用した単位制・広域通信制の私立高校、さらに郵便局が敷地のほとんどを占めている三保の岬が見えている。

かつては後北条氏が城を築いた大仏城山と呼ばれる山だったが、現在は丹沢湖に沈んで山頂付近が湖上に突き出た岬となっている。城跡の遺構も残ってはいないという。

北川に住んでいれば、通学先は丹沢湖小学校しかない。

「学校は楽しい？」

「ぜんぜん楽しくない」

泰文は不愉快そうに答えた。

虹にはいきいきとした表情を見せた泰文だったが、またもとの雰囲気に戻ってしまった。

「そうか……楽しくないのか」

学校の話題に突っ込むのはやめた。

左手に神奈川・山梨県道７２９号山北山中湖線が始まる落合隧道というトンネルの入口が過ぎてゆく。

両県にまたがる名前を聞くと、富士五湖の山中湖まで行けそうだが、世附川を一〇キロほど遡った大棚の滝のちょっと先からは自動車の通行はできない。

山中湖側からも途中までは道ができているが、県境は通り抜け不能だった。神奈川県と山梨県で別個に存在している道路である。

県境までが丹沢湖駐在所の管轄区域となる。もっとも途中の集落にはわずかな人家しかない。

「甘利くんの家はなんのお仕事かな」

「そんなのいいよ」

不機嫌そのものの声で泰文は答えた。

まぁ、母親に聞けばいい話だ。

ダム湖は北側の終端となり、上流の河内川の河原が姿を現した。

ふだんなら、透明度の高い青色に澄んでいる河内川だが、いまの雨のせいで翡翠色に濁っていて水量も多かった。

河原に砂利採取場が見えると上ノ原集落だが、右手には後北条氏の前線基地だった中川城跡が残っている。武田信玄と武田勝頼に二度も攻められても落ちなかった城だが、豊臣秀吉の小田原征伐の際に廃城となった。曲輪跡は私有地でバンガローになっている。

「君は部活はやってるのかな」

「やってない」

「好きなスポーツはあるかな」

「スポーツなんて嫌いだよ」

「サッカーとか野球とかのテレビ見ないの？」

「馬鹿じゃないの。嫌いなんだから見るわけないじゃん」

本当に話しにくい子どもだ。

だが、幸いなことに、クルマは北川温泉の入口に差し掛かった。

右手には共済組合の保養施設を、静岡県の企業が買い取ってリニューアルした温泉ホテルが見えている。北川温泉ではいちばん手前にあってもっとも大きな宿泊施設だった。

北川温泉には入ったが、ここは畑集落なので泰文の家はまだ先である。

「甘利くんの家はどこかな？」

「歓迎ってゲート下りたほう」

「了解。北川温泉郷だね」

左手に特養ホームのあるところで、県道から湯沢集落に下りてゆく狭い坂道が分かれている。坂道の入口には「歓迎」「武田信玄の隠し湯」「西丹沢北川温泉郷」の文字と数軒の旅館名が記された電光看板を支えるスチール製のゲートが立っている。

ここ北川温泉は、武田信玄が後北条氏との合戦で負傷した将兵を療養のために入浴させたという伝説を持っている。

ゲートをくぐり坂道を下ると、右手の比較的大きくきれいな温泉旅館の横を通って新湯沢橋のたもとに出た。河内川の右岸沿いには「温泉の道」と名づけられた遊歩道が、山北町立「北川温泉ニレの湯」という日帰り入浴施設まで続いている。

コンクリートの新湯沢橋を渡ると、水の少ない小さな沢が河内川に流れ込んでいる合流地点であった。

この先の沢沿いには右手にも奥にも温泉旅館が建っていて、道幅は狭いが北川温泉のメインストリートとなっている。数軒の民家も点在する地域だ。

橋を渡り終えたところで、晴虎はクルマを停めて泰文に訊いた。

「甘利くんの家はどこかな」

「あれ」

泰文は左手に分かれている河内川左岸の道路沿いのすぐ右手の建物を指さした。

二階建ての洒落た木造建築の入口には「山紫水明の宿　北川館」と横書きで記された木の看板が麗々しく掲げられている。

「おいおい、あれって……君の家は旅館なの？」

「そう、北川館」

泰文はすました顔で答えた。

メインストリートから外れて、小さな沢を無名の橋で渡ると河内川を目の前にした北川館の前に出た。

しかし、営業中の旅館で閉め出しとは妙な話だ。

いまも北川館のエントランスは明るい光に包まれていて、玄関は開かれている。

とりあえず、北川館の砂利が敷き詰められた前庭にクルマを乗り入れた。

ズザザッと音を立ててクルマは停まった。

ちょうど年輩の夫婦が到着して、和服姿の二人の仲居が出迎えているところだった。

夫婦客は振り返ってミニパトを見ている。

仲居の一人が玄関に駆け込んでいった。

「僕の家は左の裏だよ」

「わかった。左だな」

なるほど、自宅は別にあるのか。

晴虎は建物の左手にクルマを廻した。

築四〇年くらいの二階建ての木造家屋が現れた。

玄関前で晴虎はエンジンを切った。

「この家かな」

「そう。ありがと」

泰文はドアを開けると、しゅるっと飛び出していった。

「おい、ちょっと待てよ」

あわてて晴虎もクルマの外に出たが、泰文の背中は裏の雑木林へと消えた。

「駐在さん、大変なお手数をお掛け致しまして相済(あいす)みません」

やわらかな声に振り返ると、淡黄色の地に紅(あか)い小花を描いた着物姿の三〇代半ばくらいの女性が立っていた。

着物や雰囲気から見ても、この北川館の若女将（わかおかみ）らしい。

相手は自分の顔を見知っているようだが、晴虎は初めて会った女性であった。

「どうも、丹沢湖駐在の武田です」

笑みを浮かべて晴虎は名乗った。

「いつも大変お世話になっております。甘利雪枝（ゆきえ）と申します」

やさしい笑顔で雪枝は答えた。

「泰文くんのお母さんですか」

「はい、この宿の女将をしております」

雪枝は切れ長の瞳に明るい笑みを浮かべた。

泰文とは輪郭も目も雰囲気が違うが、小さめの鼻とふっくらとした口もとはよく似ていた。やさしげでかわいらしい顔立ちだ。

「実は、五時台のバスで泰文くんが駐在所に来まして」

遠慮（えんりょ）がちに晴虎は口火を切った。

「まぁ、あの子、神尾田まで行ったんですか」

雪枝は目を見開いて、口もとを手で押さえた。

「そうなんです。家に入れてもらえないからと言っていましてね」

晴虎の言葉に、雪枝は戸惑（とまど）いの表情を浮かべて言った。

「武田さん、立ち話もなんですから、家にお入り下さい」

北川館の従業員の目もあることだろうし、こんな場所で詳しい話をすることは憚られる。

「はぁ……では、玄関先で失礼します」

「こちらへどうぞ」

雪枝は先に立ってポーチへと進み、濃緑色のアルミドアを開けた。

ドアの鍵は開いていた。

雪枝の背中に続いて、晴虎は玄関の中へ入った。

左手に下駄箱が置いてあり、奥へまっすぐ続く廊下と左手に引き戸があるが、飾り物などはないさっぱりとした玄関だった。

「いまお茶をお淹れしますんで」

草履を脱いで土間から上がると、愛想よく言った。

「いえ、急ぎますので」

晴虎はいくぶんつよい調子で答えた。

急ぐ用事があったわけではないが、手短に済ませたかった。

北川館も夕食時だろうし、雪枝こそ忙しいはずだ。

「わかりました」

振り返った雪枝は、ちょっと顔をこわばらせて廊下の板に端座した。

「すみません、わたしも掛けさせて頂きます」

晴虎は上がり框に腰を掛けた。

現代の家はバリアフリーに配慮されていて、上がり框が非常に低く作られていることが多い。だが、雪枝の家は三〇センチ以上の高さを持っていたので腰掛けるにはちょうどよかった。

「泰文くんをお家に入れなかったのは本当なんですか」

晴虎の問いに雪枝は眉を寄せた。

「はい、あの……忙しい時間にわたしの後からくっついてきてワガママ言うもんですから、つい夕飯なんて食べなくていいって言って、下駄箱の上に置いてあった鍵を掛けてしまって……」

「というと、お母さんも一緒に外へ出たんですね」

「ええ、泰文の夕飯の支度をして、その後はお客さまのご夕食の準備を手伝うために、旅館に戻りました」

これは閉め出し事案とは言えないだろう。

「では、泰文くんも旅館まで追いかけてくればよかったんですよね」

「てっきり追いかけてくるものと思っていたら、どこかへ行ってしまって……まさか、バスに乗って駐在所にお邪魔するとは思いもしませんでした」

雪枝は額にしわを寄せて困惑の表情を見せた。

「泰文くんは嫌いな鮎の塩焼きが続いたんで、食べたくなかったと言っていました」

「ええ、昨日も今日もキャンセルのお客さまの分があったので、泰文のために板さんに焼いてもらったんです」

「わたしなら、三日でも四日でもありがたいですね」

駐在所ではもちろんのこと、ここ数年来、どこでも鮎などを食したことはなかった。

「昨日は喜んで食べてたんですけど」

「そうなんですか。昨日は喜んでいたんですか」

変な匂いがするから嫌いだと泰文は言っていた。

あの子の言葉は信じることができないようだ。

「野菜の煮付けとコロッケは、昨日とは違うメニューなんですが、鮎が続いちゃったのがいけなかったみたいです」

「もしかすると、天然物ですか」

この近辺でも鮎を釣れる川は少なくないが、雪枝は首を小さく横に振った。

「天然物は解禁になったばかりでお出しできない時季なので、厚木(あつぎ)の養殖場さんから仕入れています。でも、身が締まっていてとても美味しいですよ。うちは炭火で焼いていてお客さまにはご好評を頂いています。駐在さんも今度、ぜひ召し上がって下さい」

「ありがとうございます。機会がありましたらぜひ」

晴虎は笑みを浮かべて答えた。

実際に鮎を食べに来る機会を持てるかどうかはわからないが、こうした会話は、駐在所員ならではだな、とあらためて思う。

　県警本部の刑事部にいたときには考えられないことだった。

　地域に溶け込むことも、いまの自分に課せられた業務だ。

「こっちへ戻りましてから、泰文のワガママが多くて怒りっぽくって」

　雪枝は暗い顔で目を伏せた。

「北川温泉にはいつ頃？」

「わたしはここの生まれなんですけれど、東京の大学を卒業してからは、ずっと横浜で働いていました。去年の春に母が亡くなりまして旅館を継ぐものがいないんで、北川に戻って参ったのです」

「では北川館はご実家なのですね」

「ええ、でも、泰文にとっては港南台（こうなんだい）の家のほうがよかったようです。学校は各学年三クラス以上あって、友だちもたくさんいました。それに学校も近かったものですから」

「たしかに、港南区の学校とはいろいろと勝手が違うでしょうね。登下校は路線バスですか？」

「うちはお客さま用のワゴンもありますので、従業員が送り迎えしています」

「なるほど……」

「それに丹沢湖小は今年度の終わりに川村（かわむら）小と統合されますし……」

「そうでしたね、現在、全校児童数が数名とか」

丹沢湖小学校は二〇二一年の三月末で、山北町役場のある御殿場（ごてんば）線山北駅南側の川村小学校と統合されることが決まっている。クルマでも三〇分近く掛かる距離を児童たちはスクールバスで登校することになる。

この統合により、山北町の公立小学校は川村小学校一校だけとなる予定だった。

異動して日が浅いので、晴虎は丹沢湖小学校のこともまだあまりよくは知らなかった。

「あの校舎は学校でなくなってしまうのかもしれません」

「淋（さび）しいですね。泰文くんは一人っ子ですか」

「はい、それに、父親がいないもんで」

「そうなんですか」

「四年前に離婚したんです。それから、あの子はわたし一人で育ててきました」

雪枝の顔は誇りに満ちていた。

横浜の郊外住宅地からこの丹沢湖という山の中に移ってきて、大きな学校から閉校間際の学校に転校した泰文はいろいろと生きにくい日々を送っているのだ。それが母親の雪枝に対するワガママとして発露しているのだろう。

要するに母親に対する甘えだ。

「事情はよくわかりました。とくに大きな問題はなさそうですね」

晴虎は明るい顔で言った。

「本当にすみません。ご迷惑をお掛けしちゃって」

恐縮しきった顔で頭を下げて、雪枝は言葉を継いだ。

「泰文のことをきつく叱っておきます」

「いいえ、泰文くんを叱らないで下さい」

「はぁ……でも……」

雪枝は戸惑いの表情を浮かべた。

「叱ってもプラスにはならないように感じます。それに……」

雪枝の目を見て、晴虎はゆっくりと言葉を継いだ。

「いまの時代は難しいですからね。ほら、ひとつ叱り方を間違えると虐待だって受け取られることもありますから」

晴虎は自分の言葉が浮ついているような気がしてならなかった。

もちろん暴力を肯定するわけではない。

だが、刑事部にいた頃の晴虎は、凶悪な犯罪者と生命を賭けた闘いをしてきた。生命を気遣うあまり厳しい言葉で部下を叱ってきた。ときには殴ることさえあった。

まさか自分がこのような警告をする立場になるとは思っていなかった。

だが、いまの自分は、地域住民の静かで平和な暮らしを守る駐在所員なのだ。

「わかりました。叱り方にも気をつけます」

雪枝はわずかに頬を染めてうなずいた。

そのときである。

急に外が騒がしくなった。

「子どもが川に落ちたぞ」

男のあわて声が響いた。

「女将さん、失礼します」

晴虎は反射的に外へ飛び出していた。

【2】

河内川の上流に建つニレの湯の方向から、わぁわぁと騒がしい声が響いている。

人の声が聞こえる方向に晴虎は走った。

「大変だっ」

「すぐに助けないと」

「あの子死んじゃう」

前方の湯の沢橋という小さな吊り橋に立つ五人ほどの男女が、川面(かわも)を見て口々に叫び声を上げている。

立ち止まった晴虎は、視線を吊り橋からこちら側の川面へと動かした。

「ああっ」

晴虎は思わず大きな声を出してしまった。

吊り橋の下流、五〇メートルほどの大岩の上に一人の子どもが取り残されている。

岩の上でうずくまっているのは、白いパーカー姿の男の子だった。泰文だ。

「助けてぇ」

泰文は顔を上げて叫び声を上げた。

「おおいっ、そこを動くなっ」

晴虎は大きく声を張って呼びかけた。

「怖いよぉ」

泰文に声は届いているはずだが、頭を抱えてうつむいてしまって呼びかけに対する反応はなかった。

「いま助けるから、動くんじゃないぞ」

繰り返し晴虎は呼びかけたが、泰文は背中を震わせて泣いている。

泰文を送って新湯沢橋を渡ったときとは川の表情が一変していた。

虹を作った通り雨が、河内川を牙(きば)を剝(む)く恐ろしい急流に変えていた。

川の水量が格段に増えている。

俗に言う鉄砲水が発生したのだ。

このあたりはふだんは子どものすね程度の水深しかない。

子どもでも安心して川遊びできるスポットとして人気がある場所だ。

しかし、現在はおよそ六、七〇センチの水深はあるだろう。

ただ水の量が増えただけではない。

薄い白緑色の濁流がごうごうと鳴り響いて渦を巻いている。

濁流は川岸の岩を食んでしぶきが激しく炸裂する。

とてもではないが、泰文が川に入って岸まで泳ぐことなどできない。

すぐに下流まで流されて、岩に身体を打ちつけて怪我をするか、溺れることは間違いがない。

前任者から「西丹沢では雨が降ればまわりの山から一気に水が流れ込んできて、短時間で川が増水する危険性がある」との引き継ぎを受けていた。

上流の山あいで降った雨がたくさんの沢で山裾へ下り、河川に集まってくる。

集まってきた雨水は、あっという間にふだんの何倍もの水量となって川を轟き下ってくるのである。

実際に西丹沢では、この河内川の上流や東側の玄倉川で水難事故が発生していた。キャンプ客など、たくさんの貴重な生命が失われている。

西丹沢の川の危険性を、いま目の前で逆巻く河内川が晴虎に教えていた。

泰文は増水する前に、あの岩の付近まで川のなかを歩いたのだろう。

なにかに熱中している間に、水量が増えて取り残されたものに違いなかった。

数分間で川の様相は一変することもある。

水量はさらに増え続けている。

晴虎は泰文の取り残されている岩場を含め、周囲の状況を子細に観察した。

駐在所員はレスキュー隊員ではないので、救命索発射銃などは持っているわけがない。

対岸にゴム弾を飛ばして救助ロープを張る方法はとれるはずもなかった。

「ライブベイトレスキューしかないな」

晴虎はつぶやいた。

救助者が直接入水して、要救助者を救出する方法である。

いまは大岩が濁流の上に出ている。

だが、水かさが増したら、泰文は流されてしまう。

ライブベイトレスキューは危険だが、これ以上、増水する前になんとか手を打たなければならない。

「やすふみーっ」

背後で雪枝が絶叫する声が空気を切り裂いた。

振り返ると、雪枝が崖(がけ)の縁(ふち)に膝を突いて泰文を見ていた。

「助けて、誰(だれ)かあの子を助けてっ」

目を剝いた雪枝は身も世もなく叫んでいる。

「女将さん、わたしが川に降ります。だから、あなたはここを動かないでっ」

「は、はいっ」

雪枝は震えながらあごを引いた。

「この場所から、泰文くんに動かないように伝え続けて励ましてあげてください」

晴虎の目をまっすぐに見て、まるで怒ったかのような真剣な表情で雪枝はふたたびあごを引いた。

「どうか泰文を助けてやってください」

雪枝は顔の前で手を合わせた。

「力を尽くします」

晴虎もかるくあごを引くと、北川館に駐めてあるジムニーパトへと走った。

背後で雪枝が声を張り上げ始めた。

「やすふみーっ、がんばるのよぉーっ」

「ママーっ、怖いよぉ」

「いま駐在さんが助けてくれるからーっ」

「助けて、ママーっ」

母親の励ましに泰文は反応し始めた。

よい傾向だ。

とにかく泰文を少しでも精神的に安定させなければならない。

児童だけに、混乱して水に飛び込むなど思わぬ危険な行動に出るおそれもある。

雪枝のまわりには北川館の従業員たちも集まってきた。

「坊ちゃん頑張れっ」

「頑張ってぇ」

人々の声を残して、晴虎はその場を立ち去った。

北川館に着くと、ジムニーパトのリアゲートを開けて、必要な道具を選び出す作業に入った。

救命胴衣は持っているが通常タイプで、浮力の高い流水救助用救命胴衣ではなかった。

職務に役立ちそうなものを、晴虎は大小いくつかのザックに収納してリアゲートに放り込んである。

すべて私物だが、充電式投光器や強力フラッシュライト、登山用ツェルト、スノースコップ、ビバークザック、高枝切りバサミ、蜂の巣取りをしなければならないときの簡易防護服などさまざまだった。

七つ道具と称していたが、実際には五〇種類くらいあった。

山道具は多いが、浮輪やフォールディングボートなどはない。丹沢湖に勤務するようになったのだから、買いそろえておけばよかったと晴虎は後悔した。

使えそうなものは、登山用のザイルとカラビナ、ロープクランプくらいしかなかった。

本来ならば、川幅の三倍以上の長さを持つフローティングロープを使用すべきだが、当然ながら用意はない。ドライスーツもウェットスーツも持っていなかった。

しかし、トライするしかない。

すでに六月に入っている。

水温は川の表面では一七、八度にも達しているはずだ。

泰文を水に入れても低体温症の心配はないだろう。

晴虎は制帽と制服を脱いで帯革を外し、手早くTシャツとジャージのパンツに着替えた。

制服類や帯革に装着した無線機、手錠、特殊警棒、とくに拳銃(けんじゅう)は紛失したらとんでもないことになる。

警察手帳も同じで、職務中は身体から離すことはできないが、いまは緊急事態だ。

ところがジムニーパトは、ふつうのパトカーのような独立のトランクルームを持たない。

このような場合を想定しているはずはないが、ジムニーパトのラゲッジルームには、イグニッションキーで施錠できる大容量トランクケースが装備されている。

晴虎は手早く、制服や拳銃をトランクケースにしまって施錠した。

救助に選んだ道具と、小ぶりのフリース毛布を両手に抱えて晴虎はジムニーパトを離れた。

ライブベイトレスキューを行うには、晴虎が水に入って泰文を救助する際に、陸上から命綱を引いてもらわなければならない。

晴虎は雪枝たちがいる場所とは対岸の「温泉の道」遊歩道へ視線を移した。

晴虎が水に入ろうと狙いを付けている場所は、大岩の上流一〇メートルあたりの右岸の岸辺だった。

この救助方法を採(と)る場合には、上流から要救助者に接近しなければならない。

水流に乗って要救助者を下流方向の岸辺に引き揚(あ)げるのである。

右岸の岸辺のあたりには、すでに野次馬らしき人々が集まっていた。手伝ってもらう人員は確保できそうだ。

晴虎は新湯沢橋を渡って遊歩道を走った。

ショートカットして柵(さく)を乗り越えて岸辺に降りると、泰文を見て心配してひそひそ話している四人の男たちがいた。

「頑張るのよぉ」

左岸の雪枝は声を嗄(か)らして叫び続けている。

「ママぁ……」

恐怖が続いたあまりか、泰文の声にはすっかり勢いがなくなっている。

「泰文くん、いま行くからなぁ」

晴虎はもう一度大きな声で呼びかけたが、反応はなかった。

人垣のなかから中背の若い男が進み出た。

「駐在さん、大変だね」

「ああ、板垣(いたがき)先生、よかった」

玄倉地区にある緑仁(りょくじん)会西丹沢診療所所長の板垣信哉(しんや)医師だった。

所長と言っても、まだ二八歳という若さで、ノリのかるい青年である。

去年、小田原にある系列の総合病院から異動してきたと聞いている。

板垣とは四月から二回ほど駐在所で飲んだことがあった。

数少ないこの地区の友人の一人と言えた。

「いや、仕事が終わったんで、ニレの湯に入りに来たんだよ。そしたら、この騒ぎじゃないか。驚いて飛んできたよ」

センターパートのミディアムの髪をゆらして、板垣は眉を寄せた。

日焼けした顔につや消しシルバーのメガネが似合っていて、なかなかのイケメンである。

「手伝ってくれないか」

「手伝うって？　子どもを診るのは後回しだろ」

けげんな顔で板垣は訊いた。

「わたしが水に入るから、合図したらロープを引いてもらいたいんだ」

「だけど、ご承知の通り、僕は金と力はない」

板垣はこんなときでもつまらないギャグを言っている。

「大丈夫だよ、色男。ここにいる皆さんのお力をお借りすればいいんだ」

晴虎はまわりを見廻した。

三人の老人が、晴虎と板垣の会話を立ち聞きしていた。

「そうか、みんなでロープを引くんだね」

「うん、先生が音頭を取ってくれ」

「わかった。四の五の言っている場合じゃなさそうだ」

板垣は目を瞬いてうなずいた。

「先生、手伝うよ」

背の低い七〇くらいの男が身を乗り出した。

「そうだよ。俺のいちばんの下の孫くらいの子だ。助けなきゃ」

「腰が痛ぇけど、俺も頑張るぞ」

老人たちは口々に協力を申し出てくれた。

「ありがとうございます。軍手しかないんですが」

晴虎は板垣と老人たちに軍手を配った。

靴を脱いだ晴虎は、Tシャツの上から救命胴衣を付けた。

「これを預かっていてくれ」

「お、パトカーのキーか」

晴虎はジムニーパトのキーを板垣に預けた。

「さ、頼むよ」

続けて晴虎はロープの端を板垣の前に突き出した。

「こいつはクライミングロープだね」

「これしかないんだ……二重もやい結びできるかな?」

ロープを引かれたときに首が絞まることを防ぐために、二重もやい結びを使う。

流水救助用救命胴衣ならば、クイッククリリースベルトが備わっている。だが、この救命胴衣の場合には身体に直接ロープを結ぶしかなかった。

「まかせろよ。僕はヨットマンなんだぜ」

明るい声で板垣は答えた。

ロープを受け取った板垣は、あっという間に晴虎の胸から背中にロープを掛けて、二重もやい結びを作った。

「なんだよ、案外、役に立つ男じゃないか」

「ごあいさつだな」

板垣はにっと笑って晴虎の肩をぽんと叩いた。

晴虎は巻いたロープを板垣に渡した。

「じゃあ、ロープを頼むよ」

いまの手つきから見ても板垣はロープワークに慣れている。絡ませるようなことはなく、ロープを繰り出せるはずだ。

晴虎は岸辺を見渡して水に入る場所を探した。

大岩の上流に平たい棚状の岩になっている恰好の岸辺が見える。

晴虎は引き揚げ予定地点の河原にフリース毛布を敷いた。

「ここへ引き揚げるからな」

「うん、ここはよさそうだね」

板垣もうなずいた。

上流の泰文へ視線を移した晴虎は、あっと声を上げそうになった。

水深が急に上がり始めた。

まわりの岩のようすから推察して、すでに一・五メートルはかるく超えているだろう。

濁流の色もコーヒー牛乳のように完全に茶色く濁っている。

泰文はそのまま大岩の上で動けずに震えて立っていた。

「泰文くん。絶対にしゃがむな。そのまま立っていろ。いますぐに行く」

「わ……わかった」

岩の上の泰文は途切れがちではあるが、初めて晴虎の呼びかけに答えた。

あと何分かしたら、泰文は濁流に足をさらわれて流される。

晴虎の声は乾いた。

「急がなければ」

「じゃあ、皆さん、わたしが声を掛けたら、板垣先生の音頭に合わせてゆっくりとロープを引いて下さい。ゆっくりです。どうかよろしくお願いします」

晴虎は老人たちに丁重(ていちょう)に頼んだ。

「おうさ」

「わかったよ」

「頑張ってくれ」

老人たちは了解の答えを返してきた。

板垣を先頭に、後に三人の老人がロープを手にして立った。

「皆さん、お願いします」

一礼すると、晴虎は岸伝いに上流へと歩みを進めた。

見当をつけておいた棚状の岩に立つと、晴虎は身体を川に向けた。

泰文の立つ大岩までの距離は一〇メートル強だ。

大岩の上で泰文は顔を大きく歪(ゆが)めて泣いている。

まずは大岩まで最短で到達できるルートを考える。

途中にある障害となるほかの岩もしっかりと確認した。

岸辺を洗う水流はかなり激しいが、流されずに泳ぐことはできるだろう。

晴虎は岸辺の水流に身を投じた。

どぼんとしぶきが上がって、晴虎の身体は水のなかに包まれた。

このあたりの水深はようやく足がつくくらいだった。

岩苔(いわごけ)の生臭さと水流の泥の臭(にお)いが入り混じって鼻腔(びくう)に忍び込んでくる。

水温は幸いなことに、予想通りそれほど低くはない。

ジャージに川水が染みこんできて冷たい。

だが、泰文を助け出して戻るまで、低体温症などになるおそれはないと判断できた。

水に浸(つ)かると、危うく足をすくわれそうになった。

思ったよりも水流は強い。

川底近くで渦巻く水流に足が取られて前に進めない。

岩に足を挟み込んだり、滑ったりしたら大変なことになる。

「うわっ」

水流のせいで背後にひっくり返りそうになった。

泳ぐしかない。歩くことは不可能だ。

晴虎は頭だけ出していったん全身を水に沈め、仰向けになって両脚を下流側に向けて全身をくの字型に曲げた。

脚や身体の一部が障害物に引っかからないようにするための、ディフェンシブ・スイミングポジションと呼ばれる体勢だった。

この体勢で動水圧を利用し、流れに乗って大岩に近づく。

五メートル、三メートルと大岩は近づいて来る。

だが、水位はさらに上がって、泰文の立てる場所は三〇センチ四方くらいしかなくなっていた。

「怖いよぉ」

泰文は縮み上がって泣き続けている。

「動くなっ、もうすぐだ」

励ましながら、晴虎は身体をいったん水に沈めて、頭を水につけて両足を伸ばした。

左の方向に向かわなければならないが、水流の勢いでまっすぐ下流へと流されている。

晴虎は上流方向に、四五度のフェリーアングルと呼ばれる角度を保って四肢を動かした。

要救助者へ向かって一気に泳ぐ、アグレッシブ・スイミングポジションという体勢である。

フィンを付けていないので、両足が生み出す水力は著しく低い。

それでも力を込めて手足を使い、晴虎はなんとか大岩に辿り着いた。

このあたりでは足は川底には届かない。

立ち泳ぎしながら、晴虎は大岩に手を掛けた。

顔を上げると、目の前に泰文のブルーのスニーカーを履いた両足があった。

あとわずかで濁流が泰文の両足に襲いかかろうとしていた。

泰文は全身を硬直させて人形のように立っていた。

目が吊り上がって、歯の根が合わないように口をガクガクさせている。

晴虎がすぐ側まで来たことに気づいているはずなのに表情が変わらない。

怯え切っていて恐慌状態にあるのだと考えられた。

「やすふみーっ」

のども張り裂けんばかりの雪枝の叫び声は続いている。

「泰文くん、かがんで」

晴虎は両手を泰文に差し伸べた。

声を掛けると、泰文はハッとしたように晴虎の顔を見た。

「さぁ、こっちへおいで。足から水にゆっくり入るんだ」

静かに晴虎は呼びかけた。

靴にはある程度の浮力があるので、スニーカーは履かせたままのほうがよい。

川底の岩で足を切るおそれもある。

泰文の身体に手を掛けて無理やり川のなかに入れると、次の晴虎の体勢に支障が出る。

ここは自分から川に入ってもらうのがベストだ。

「怖い……」

泰文は身を震わせて答えた。

「怖がらないで、小学校五年生だろ」

「無理だよぉ」

唇を歪め首を横に振って泰文は拒んだ。

「しっかりしろ。このままだと流されて死ぬぞっ」

晴虎は声を荒らげて泰文をどやしつけた。

激しい声の調子に全身をびくっとさせて、そろそろと泰文は片足を水に浸けた。

「そのまま、ゆっくりと水に入るんだ」

「だめだよ。川なんかで泳げない」

かすれ声で泰文は訴えた。

「泳がなくていい。おまわりさんが引っ張っていくから」

「だけど……」

「安心しろ。君の生命は必ず助ける」

さらに水位が上がって、泰文のスニーカーにしぶきが掛かるほどになった。

大岩が水没したらアウトだ。

泰文の身体はあっという間に流されてしまうだろう。

晴虎が手を掛けようとした瞬間、泰文はざぶんと両足から飛び込んだ。

泥水のしぶきが上がった。

うつ伏せで顔だけを上げた泰文の身体が、下流方向に流されそうになった。

「背泳ぎの姿勢になるんだ」

晴虎は泰文に手を添えて背泳ぎの姿勢にさせた。

続けて晴虎は自分の左腕を、泰文の左首の脇から胸に廻して身体を抱えた。

クロスチェストキャリーと呼ばれる体勢である。

要救助者にロープを掛けてはならない。首が絞まって危険この上ないのである。

「苦しくないか」

「うん……」

流れに身体を浮かせた姿勢で右岸方向へロープを引いてもらうのが、いちばん安全な方法だ。

晴虎の腕のなかで、泰文の身体はガチガチに強張(こわば)っている。

「全身の力を抜いて。おまわりさんに任せるんだ」

泰文はおとなしく全身から力を抜いた。

引かれたロープで自分の首が絞まらないように、晴虎は右手でしっかりとロープを握った。

「よぉし先生、ロープを少しずつ巻き取りながらゆっくりと引いてくれ」

晴虎は両足を動かしながら、岸辺の板垣に向かって叫ぶと、大岩から身を離した。

「了解っ、そーれっ」

板垣は細い身体のわりには大きな掛け声を発した。

「おっしゃあ」

「うーんしょ」

「頑張れ」

三人の老人たちも一緒にロープを引いた。

水流は激しく、下流のやや左岸方向に二人の身体は流されそうになる。

頭が沈みかけて晴虎は水をかぶった。

速い。速すぎる。

ロープを引くスピードが速いと、晴虎たちの頭は水に沈んでしまう。

「もっとゆっくり引いてくれ。いまの半分くらいのスピードだ」

晴虎は板垣にふたたび叫んだ。

「ゆっくり引くぞ。そおーれっ、そおーれっ」

晴虎たち二人の身体は、少しずつ右岸へ向けて動き始めた。

水流で身体が激しく左右に振られる。

晴虎の顔にも泥水がかかった。

だが、ロープの力で晴虎と泰文はゆっくりと右岸へ近づいてゆく。

「やすふみっ」

雪枝は橋を渡って右岸に来たらしく、板垣たちの近くで叫んでいる。

やがて足が川底に着いた。

岸辺までは三メートル近くの距離となっていた。

ここまでくれば、あとひと息だ。

晴虎の左腕はしびれ始めていた。

だが、歯を食いしばって、泰文の身体を支え続けた。

「よし、ロープを保持したままで引くのは止めてくれ」

「了解だ。引くのを止める」

板垣がホッとしたように答えた。

晴虎は水の中で立って、クロスチェストキャリーの姿勢を保ちつつ、泰文の身体を岸辺から一メートルくらいの位置まで運んだ。

「先生だけはロープから手を離してくれ」

「わかった。手を離す」

「ほかの人はそのまま保持、先生は毛布の上に乗ってくれ」

板垣はロープから手を離してフリース毛布の上に膝を突いてしゃがんだ。

「俺が押すから、泰文くんを背中から引き揚げてくれ」

両手を開いて板垣は待機姿勢を取った。

「よく頑張ったな。陸に上がるぞ」

晴虎は泰文に最後の励ましを与えた。

「うん」

泰文は小さくうなずいた。

晴虎は泰文の両足を抱えた。

板垣が泰文の左右の肩を両手でしっかりとつかんだ。

「よしっ、引き揚げてくれ」

晴虎は声を掛けるとともに自分の腕に力を入れて泰文の身体を押し上げた。

ズザッという音を立てて泰文の小さな身体はフリース毛布の上に引き揚げられた。

「やすふみっ」

雪枝が泰文の身体に覆(おお)い被(かぶ)さるように近づいた。

「ママ……」

泰文は照れたようなホッとしたような表情を浮かべて声を出した。

「よかった。ほんとによかった」

雪枝は泰文の頬にキスをした。

「お母さん、まず板垣先生に診て頂きますからね」

晴虎は水から上がりながら、雪枝を制した。

「あ、はい。お願いします」

あわてて雪枝は泰文から身を離した。

「先生、調子を見てやってくれ」

晴虎が頼むと、板垣は右手の指でＯＫを作ってウィンクした。

「泰文くん、痛いところあるかな？」

板垣はまじめな顔で泰文に訊いた。

「どこも痛くない」

泰文はしっかりした声で答えた。

「そうか。ここ押して痛くない？」

板垣は泰文の胸や腹や肩など何か所かを掌(てのひら)で押して診察している。

続けて片耳を泰文の胸に当てて音を聴いたり、口を開けさせて口腔内を調べたり、いくつかのチェックを続けた。

「まずは大丈夫。だけど、念のために診療所でようすを見よう」

しばらくして板垣医師が宣言するように言った。

雪枝も周りの人々もいちように安堵(あんど)の息をついた。

「わたしも従(つ)いて行きます」

雪枝がつよい口調で申し出た。

「そうだね、お母さんには一緒にいてもらったほうがいいね。僕のクルマで運ぶよ。担架を持ってくる」

板垣は立ち上がった。

「着替えを取ってきます」

雪枝は小走りに旅館へと去った。

「あ、健保証も取ってきて……武田さんお疲れさま」

板垣はニレの湯の駐車場へと歩き始めた。

すぐに雪枝は戻ってきて、晴虎の前に立って深々と頭を下げた。

「武田さん、本当になんとお礼を言っていいか」

雪枝の目ははっきりと潤(うる)んでいた。

「泰文くんが無事でよかったです」

晴虎は平らかな調子で答えた。

「あの、浴衣(ゆかた)しかなくて……」

雪枝は糊(のり)のきいた宿の浴衣を差し出した。

「せっかくですが制服に着替えますので」

「そうですか……では、タオルとお弁当です」

「あ、お心遣い頂いて」

晴虎は頭を下げた。弁当くらいは頂いても差し支えあるまい。

「本当なら、うちの旅館で一席設けたいんですけど、病院に行かなきゃなりませんので」

「それじゃあ賄賂になっちゃいますから」

晴虎は笑いながら答えた。

「あら……そうなんですか」

雪枝はぽかんと口を開けた。

前任者は平気で飲み食いしていたのだろうか。

「さ、お母さん、泰文くんに付き添ってあげて下さい」

「ありがとうございました」

雪枝が泰文のところに戻るのを見て、晴虎はジムニーパトが駐めてある北川館へと歩き始めた。

地域の人の安全を守れた今日の仕事に、晴虎は満足していた。

すでにあたりには夕闇が忍び寄っていた。

ＳＩＳで身につけた技術ではあったが、実際に使ったことはなかった。

こうしたかたちで役に立ったことが嬉しかった。

第二章　駐在所員の定め

【1】

雪枝が持たせてくれた弁当を晴虎は電子レンジで温めた。

冷凍食品の惣菜から救われた晴虎にとっては、大変なご馳走だった。

焼きたてには劣るものの、鮎の塩焼きはなかなかの味だった。

ただ、スイカにも似るあの独特の香りは弱々しかった。

弁当には豚の角煮のほかに、ナスや大葉、マイタケの天ぷら、ゼンマイのお浸しなども添えられていた。

こんな料理を熱々の焼きたて揚げたてで食べたら、さぞかし幸せなことだろう。

ありがたく頂いて、食後のお茶を飲んだ晴虎は、二階の寝室へ上がって部屋着に着替えた。

コンクリート打ちっぱなしの壁に囲まれた六畳くらいの殺風景な寝室である。

フローリングの床にベッドを持ち込んだが、前任者はカーペット敷きにして一部には畳を敷いていたようだ。

ベッドに横になった晴虎は、サイドテーブルから読みかけの小説を手にしてページを開いた。

この駐在所に異動してきてからは、生活のすべてが変わったと言ってよかった。

まだ、酒を口にする時刻に到っていない。

酒は嫌いではなかった。

かつての激務のなかでは、仕事を終えて自宅で妻を相手に飲む一杯が何よりの楽しみだった。

しかし、こんなに早い時間から飲む気にはなれなかった。

自分内ルールというわけではないが、午後八時までは酒は慎むことにしていた。

万が一、緊急呼び出しでもあった場合に対応できない。

この地域は深夜に事件が起きることは窃盗犯以外には皆無と言ってよかった。しかし、八時くらいまでは何が起きるかわからない。

それに一人で飲む酒は美味いものではなかった。

深酒はせず、ビールの三三〇ミリ瓶を二本くらい、一時間程度で飲んで切り上げるのが常だった。

朝、八時半の勤務開始時に、アルコールが残っていてはまずいだろうとの判断だった。

就寝まではたいてい音楽を聴きながら小説本を読んで過ごした。

夜間、ゆっくりと小説をひもとくことなど、かつての自分には考えられなかった。

深酒しているときだって、いざとなればタクシーを呼んで現場に駆けつけた。

もし、県内で誘拐(ゆうかい)や人質立てこもり事案が発生した場合など、ＳＩＳには待ったなしで出動命令が下る。

非番であっても、すべてを部下に任せるわけにはいかなかった。

連絡を受けて一五分以内には飛び出していった。

班長なのだから、あたりまえだったのだ、といまでも思っている。

飲んでいたからといって、現場での判断を誤ったことは一度だってなかったと断言できる。

一日の生活サイクルを考える余裕などあるはずもなかった。

夜中に飛び出して行っても、いつも妻は嫌な顔ひとつ見せなかった。

去年の結婚記念日に横浜の高級レストランで食事をしている最中に呼び出しが掛かったときも、妻は笑いながらうなずいてくれた。

「仕方ないよ。そんな晴ちゃんが好きなんだから」

妻の笑顔は淋(さび)しげだった。

激務から解放されて、どこか虚脱した状態は続いている。

いや、現在の虚脱は、妻を失ったことがより大きいのかもしれない。

だが、地域と溶け込むことで、新たな希望が見えてくるはずだ。

この西丹沢に住む人々の暮らしの安全を守ることが、自分のあたらしい使命なのだ。

そう晴虎は信じていた。

小説を読んでいるうちに、寝室の鳩時計が八時を打った。

妻のかたみのようなこの時計は、身近な場所で時を刻んでほしくてここに置いてあった。

階下に降りてLDでビールを飲むことにした。

冷蔵庫からグリーンの小ぶりなビール瓶を取り出してテーブルの上に置いた。

イエヴァー・ピルスナーという、北海に臨むドイツ北部沿岸の町・イェヴァーで醸造されている下面発酵ビールだった。

すっきりとしたホップの苦みが好きで、晴虎はこのビールを愛飲していた。

小売店ではあまり扱っていなくて、前の家でも通信販売で手に入れていた。もちろん、駐在所でも宅配便で送ってもらっている。

つまみはたいていはプレッツェルだけである。たまにはチーズをつまむこともある。

ドイツ人は食事をするときにビールを飲まない。ビールを飲むときのつまみはプレッツェルかザワークラウトくらいしか口にしない。

ドイツビールはエキス分が濃いので、料理とはあまり合わないからだそうだ。

嘘か本当かは知らないが、ドイツ暮らしの長かった友人から聞いた言葉を晴虎は信じていた。

もっともピルスナーはアルトやバイツェンなどとは違って淡麗なので、どんな食事にも合いやすいのだが。

袋からプレッツェルを木製の小さなボウルに移すざらざらという音がくつろぎの時間の

始まりを告げていた。

晴虎は私物のスマホをミニオーディオにセットした。

とりあえずはかるいジャズのピアノトリオを流して、ビールの栓を開ける。

友人からもらった錫製の小さなタンブラーに半分ほど注ぐ。

鈍い銀色に輝くカップは富山県高岡市で作られたもので、酒の雑味が抜けて味と口当たりがまろやかになると聞いている。

口もとに持っていって、イェヴァーのキレのよい味を楽しんだ。

ちょうどタンブラーの半分ほどを飲んだときだった。

いつも持ち歩いているPSD型データ端末がポケットで鳴動した。

着信は事件の発生を告げている。

平成二三年度から全国の警察本部で地域警察官の初動活動の効果を上げるために《地域警察デジタル無線システム》が順次導入された。

このシステムは従来の署活系無線の機能を、PSW（Police Station Walkie talkie）と、PSD（Police Station Data Terminal）システムに分割して発展させたものである。

警察固有のデジタル電波を利用するPSWシステムは、従来の署活系無線と同じく警察署から外勤の地域課員に一斉指令を出したり、相互連絡を取るために使われる。新たにGPS機能を搭載した。

一方、PSDデータ端末は民間の携帯電話回線を使い、市販の携帯電話端末を利用している。音声通話も可能で、簡単に言えば警察官専用スマホである。

この端末は、地域課員と同じように晴虎にも支給されている。

ＰＳＤシステムは一一〇番通報をテキスト化して各所轄署ごと、または県下全域の地域警察官に一斉送信できる機能を持っている。

そのほか、犯行現場の画像情報や、ＧＰＳを利用した各警察官の位置情報を活用することもでき、ＰＳＤシステムは大きな成果を挙げている。

「なんだって！」

ディスプレイを覗き込んだ晴虎は驚きの声を上げた。

午後八時一一分と表示されている一一〇番通報はまったく予想外のものだった。

スクロールして続きを読もうとする前に、ＬＤのキャビネットの上からデジタル機器特有の雑音が聞こえた。

ＰＳＷ無線端末から署活系の無線が入電したのだ。


——ＰＳより各局。ＰＳより各局。管内山北町で略取・誘拐と疑われる事案発生。山北町北川一八六二番地、通称、北川温泉の『山紫水明の宿　北川館』付近道路で、同旅館の女性宿泊客が散歩中に何者かに身柄を拉致されたとの通報あり。付近を巡回中で移動可能な自動車巡邏隊、機動捜査隊および近隣ＰＢのＰＭは現急されたし。繰り返す……。

「北川館だと」

晴虎は低くうなった。

つい一時間ほど前に出てきたばかりだ。

泰文の事件は別として、あんな平和な場所で略取・誘拐事案が起きるとは信じられなかった。

ちなみに警察無線用語ではＰＳは警察署（Police Station）、ＰＢは交番・駐在所（Police Box）、ＰＭは警察職員（Police Man）を指す。

つまり、署活系無線は、県警本部地域部に所属する自動車巡邏隊と刑事部に所属する機動捜査隊に出動を要請すると同時に、本署の松田警察署から晴虎に対する出動要請も行っている。

すぐに機動捜査隊の一台の覆面パトカーから、現場急行するとの応答が流れた。

北川温泉の近隣と言っても、この丹沢湖駐在所の次に現場に近いのは、南へ六キロ以上離れている清水駐在所である。御殿場線や国道２４６号線に至近で、丹沢湖周辺は感覚的にもエリア外だ。

もちろん勤務時間外である晴虎には、この要請に従う必要はなかった。

勤務時間外の出動命令であれば、もっと明確に指示される。それ以前に、松田警察署の地域課から電話が入るはずだ。

しかし、自分の管轄区域内であるばかりか、ほかならぬ雪枝と泰文の北川館の宿泊客だ。

黙ってここでビールを飲んでいるわけにはいかなかった。

タンブラーに半分とは言え、アルコールを口にしてしまった。

もちろん少しも酔ってなどはいないが、ジムニーパトにもスクーターにも乗ることはできない。自転車でも同じことである。

しかし、駐在所から北川温泉への道のりは四キロ弱に過ぎない。

北川温泉の入口には北川ハイヤーというタクシー会社がある。が、すでに営業終了時間の六時は過ぎている。この時間だと、社長兼運転手の老人は酔っ払っているはずだ。

走って現場へ急行することを晴虎は決意した。

今後も、アルコールを帯びてから管内で事件が発生することもあるかもしれない。

ちょうどいいトレーニングの機会だ。

晴虎は制服に着替えて黒レザーの半長靴を履いた。ちなみにこの半長靴は地域課の支給品ではないが、機動隊員用のブーツとよく似た私物であった。足の甲は靴紐で締めてあるが、くるぶしが金具で開閉できるようになっていて脱ぎやすい。ソールもしっかりしていてちょっとした登山道にも対応できる。

すべての装備を身につけると、三七リットルの中型ザックを背負った。ジムニーパトに収納してある七つ道具から、使えそうなものを入れるためだった。

玄関の施錠をしてカーポートに向かうと、クルマのリアゲートを開けて必要なものを選び出し、ついでに制帽もザックに入れて支度を終えた。

頭にバンダナを巻いて、晴虎は夜の県道76号線へと走り出た。

腕時計で時刻を確かめると、午後八時一六分だった。

永歳橋を渡ると西の方角からさわやかな山風が吹いてくる。

泰文を危機に追いやった夕方の驟雨のせいで、夜空は洗われたように晴れ上がっていた。

暗い湖畔を右に見て、晴虎は走り続けた。

まだ、天の川が見える時刻ではなかったが、空いっぱいに無数の星が輝き、ぼおっと霞んで見えるほどだった。

横浜の家で見えていた星の一千倍、一万倍、いやもっとずっと多いのではないだろうか。

こんな道を走っていると、星の海を泳いでいるような錯覚に陥ってくる。

北川温泉への道は上り坂になっているが、晴虎は自分のペースを守って走り続けた。

幸いにも湖側にはガードレールに守られた歩道がずっと続いている。ごくまれに通過する自動車に注意を払う必要もなかった。

いくつかの集落の灯りを左に見て、晴虎はひたすらに走った。

走っている途中で、松田警察署管内を中心に緊急配備が掛けられたとの無線が入電した。

検問所で犯人が引っかかってくれればいいが、と晴虎は願った。

神奈川県警全体で、年間に一五〇件ほど掛けられる緊急配備だが、その検挙率は五割に満たない。

温泉ホテルを過ぎると、ほどなく「歓迎」の北川温泉の電光看板ゲートが闇のなかに浮かび上がってきた。

晴虎は坂道を一気に駆け下りて新湯沢橋を渡った。

まわりの建物の灯りだけでは、河内川のようすは見えない。

あれから雨は降っていないので、水位は下がっているだろうが、ごうごうと逆巻く水の音はまだまだ続いていた。

今日、ここで泰文を救い上げたことが遠いむかしのように思えてくる。

無名橋を左に渡った北川館の前には十数名くらいの人が集まっていた。

赤色回転灯も見えないし、覆面パトカーらしき車両の影も見えなかった。

機動捜査隊はまだ到着していないようだった。

途中で追い越されていないのだからあたりまえだ。

たいして息切れもしていない。

まだまだ体力は衰(おとろ)えていないと晴虎は実感できた。

腕時計を見ると、ちょうど午後八時三〇分だった。

四キロ弱を一四分なら悪くないだろう。

旅館に入る前に、晴虎はバンダナを外して制帽をかぶった。

北川館のエントランスに集まっているのは、地元の老人たちが多かった。

夕方、ロープを引いてくれた老人の一人もいた。

かなり遠くからパトカーのサイレンが聞こえる。

機動捜査隊がこちらへ向かっているはずだが、晴虎は関係者から先に事情を訊きたいと思っていた。

人々に会釈しながら、晴虎は早足で北川館の玄関を入った。

天井が高く取ってあり、蜘蛛の巣を丸めたような洒落た照明器具がいくつも下がっている。

革張りのソファが置いてあるが、調度類は少ないさっぱりとしたロビーだった。

白い漆喰壁に焦げ茶色の柱が等間隔に並んでいて、山荘風の洗練されたインテリアが落ち着いた雰囲気を醸し出している。

満開のしだれ桜と銀色の満月を描いた横長の大きな日本画が晴虎の目を引いた。

白いワイシャツにネクタイを締め、黒いニットのベストを着た髪の真っ白な男が、帳場のカウンターから出てきた。

血色の悪い四角い顔を持つ七〇歳近い男は、貫禄から見ても北川館の支配人だろう。

「ああ、駐在さん、ご苦労さまでございます。番頭の山県でございます」

「どうも、丹沢湖駐在の武田です」

「夕方は、坊ちゃんを助けて下さってありがとうございました」

山県は腿のところに両手を置いて慇懃に頭を下げた。

河原では見かけなかったので、あのときは宿を預かっていたのだろう。

「いいえ……通報して下さった方にお目にかかりたいのですが」

「一一〇番したのは、当館の女将です」

「では、女将さんにお話を伺わせて下さい」

「はい、こちらへお運び下さいませ」

晴虎は靴を脱いで式台に上がった。

山県は先に立って右手の廊下を進み始めた。

いくらかほの暗く雰囲気のある廊下を進むと、すぐに襖が続く大広間らしきところの前に出た。

「失礼します。駐在の武田さまです」

山県は声を掛けて襖を開けた。

三〇畳ほどの畳敷きの部屋は、目が痛くなるほど明るかった。

着物姿の雪枝と対面に座っていた浴衣にドテラを羽織った男がいっせいに晴虎を見た。

「ああ、あのときの」

男はびっくりしたように立ち上がった。

夕方、道を聞いてきたアルファロメオ・スパイダーに乗っていた男だった。

すると、連れ去られたのは助手席にいた美女なのか。

雪枝も立ち上がって丁寧に頭を下げた。

「武田さん、夕方は本当にありがとうございました」

状況が状況だけに雪枝の会釈はぎこちなかった。

「泰文くんはいかがですか」

「落ち着いて自宅で休んでおります」

「それはよかった……甘利さんが通報して下さったんですよね」

「はい、こちらのお客さまのお連れさまが……」

「おまわりさん、愛美(まなみ)を助けて下さいっ」

四〇代くらいの男は、少し長めの髪を振り乱して叫んだ。

声は大きく震え、見開かれた両の眼(め)は血走っていて、明らかに興奮状態にあった。

少なくとも、今回の通報が狂言や勘違いなどでないことははっきりした。

一一〇番通報には誤報が少なくない。

略取事案に限っても、たとえば、別れた女性がほかの男のクルマに乗って去ったことを恨(うら)んだ男が、恋人が誘拐されたと通報してきたケースを晴虎は知っている。

むろんこれは虚偽(きょぎ)通報で、かるくても軽犯罪法に触れるわけだが、略取・誘拐事案の通報は注意して扱う必要がある。

「詳しい状況をお話し頂けませんか……」

男は畳にガバッとひれ伏した。

「お願いです。愛美を……愛美を……」

頭を畳に擦(こす)りつけて男は頼んだ。

まずは少し冷静にさせなければならない。

晴虎は落ち着いた素振りで畳にあぐらをかいた。

雪枝は座布団に端座した。

「あなたのお名前とご職業を伺いたいのですが」

晴虎は手帳を取り出して、ゆったりとした声で訊いた。

男は晴虎にならってあぐらの姿勢になって答えた。

「前野康司と言います。ＩＴサービスマネジメントの会社を経営しています」

かたわらに置いてあったブランドもののクラッチバッグを前野は引き寄せた。

前野はレザーケースから横長の薄青色の名刺を取りだして晴虎に差し出した。

名刺には「株式会社　ＦＲＥＥＭＩＴＳ　代表取締役社長兼ＣＥＯ」との肩書きがあり、本社は横浜市西区とあった。

「どのようなお仕事の会社なんですか」

「各種のＩＴマネジメントを各企業さまに提供しております」

震えていた声が少し収まってきた。

詳しいことはわからないが、ＩＴサービスの会社らしい。

「連れ去られた愛美さんは奥さまですか」

「いえ……彼女です」

照れるようすもなく、前野は堂々と答えた。

少なくとも不倫関係にある女性などではないようだ。

「愛美さんは携帯電話は持ってますか」

「はい、何度も掛けていますが、電源が入っていないか圏外だとのメッセージが繰り返されています」

前野はそばに転がっていたスマホを拾って掲げて見せた。

「愛美さんの携帯番号を教えて下さい」

「はい、これです」

液晶画面に映し出された電話番号を晴虎はメモした。

「ちなみに、前野さんのこのスマホに犯人からの要求の電話などはありませんでしたか」

前野は大きく首を横に振った。

「いいえ、ずっと待っているんですが、一度も掛かってきません」

犯人が現在どこにいるのかはわからないが、山中に入り込んでいなければ、携帯電波は届くはずだ。

「犯人からの要求はなしですか……」

晴虎は声を落とした。

犯人からの接触がないと、略取誘拐事件の捜査は困難なものとなる。

「愛美に、愛美になにかあったら、僕はどうすればいいんだっ」

前野は自分の髪をかきむしった。

ふたたび前野が興奮し始めたので、晴虎は質問を変えた。

「今夜はこちらの北川館にお泊まりだったんですね」

「僕は初めてなんですが、彼女はこの北川館が好きで、これで五回目だったんです」

「何度も来ていたのに道に迷ったんですか」

「いつも友だちのクルマで連れて来てもらっていたので、道までは知らなかったと言っていました」

いささかあきれたが、そういう人間もいるだろう。

「それで今日は、あなたも連れて北川館にお泊まりになったんですね」

「はい、仕事を早めに切り上げて、三時過ぎに横浜を出てきました。あそこでおまわりさんに道を聞いた後、まっすぐにここへ来て風呂に入って夕食を食べました」

「その後、外へ出たんですね」

「ええ、夕食時にこちらの女将さんから星がきれいだと聞いたんで、外へ出ました」

緊張した面持ちで雪枝がうなずいた。

「川沿いの道を歩いたのですね」

「ええ、宿を出て右手のほうの吊り橋まで歩いて……たしかに素晴らしい星でした。二人で吊り橋の向こう側の駐車場まで歩いて、しばらく星を眺めてから帰ろうとしたら、いきなり暗がりから男が現れたんです」

前野はその時の恐怖を思い出したのか、全身をぶるっと震わせた。

「男だったんですね」

「はい、身長は高くて、一八〇センチくらい……がっちりした男でした」

「一人だったんですね」

「間違いありません、一人でした。男はとつぜん襲ってきました」

「どんな風に襲ってきたのですか」

「たぶん、スタンガンだと思うんですが、暗闇に火花が散ったと思ったら、左腕から肩あたりに激痛を感じて全身がしびれてうずくまってしまいました。そしたら、あいつが……あいつが……愛美の首に背中から腕を回して刃物で脅しつけて、無理やりクルマに乗せて連れ去ったんです」

「刃物で脅してクルマに乗せたんですね」

「はい、『俺と一緒に来い。言うことを聞かないと殺す』と言って脅したんです。それで愛美はクルマの助手席に押し込められるように乗せられました」

その状況ではおとなしく従うしかあるまい。

「愛美さんが乗ったら、クルマは駐車場を出て行ったんですね」

「はい、僕はその間も身体が言うことを聞かなくて……ただ、連れ去られるのを見ているしかなかったんです」

前野はうなだれた。

犯行の態様はある程度手慣れた者の仕業と思われた。

また、完全に計画的な犯行と考えられた。

たまたま駐車場にいたカップルの片割れの女性を誘拐したとは思われなかった。

この点からわいせつ目的の誘拐とは考えにくい。

尾行するなどして、前野たちカップルの行動を監視した上で、犯行に及んだものと考えてよさそうだった。

身代金目的の誘拐か、あるいは怨恨が動機の誘拐か……。

「男はどんな恰好をしていましたか」

「黒っぽいキャップをかぶってマスクをして青っぽいブルゾンを着ていました」

「見覚えのある男ではありませんでしたか」

前野は一瞬、口をつぐんだ。

のど仏が小さく動いている。

この身体の無意識運動が、感情的な動揺を示す場合が多いことを晴虎は経験的に知っていた。

「まったく見覚えのない男でした」

しかし、前野はきっぱりと否定した。

「見覚えはないにしても、あなた自身にこんな災難に遭うような心当たりはありませんか」

「いや、ありませんね」

今度は前野は即答した。

だが、答えを用意していたようにも思えた。

「仕事の上でトラブルなどは抱えていませんか」

「従業員とはうまくいっていますし、仕事上のライバルはいますが、こんなことをするような人間はいないはずです」

自信たっぷりに前野は答えた。

「わかりました」

「だいたい、どうして僕に原因があると考えるんですか。連れ去られたのは愛美なんですよ」

口を尖(とが)らせて突っかかるように前野は訊いた。

「いちおうのお尋ねなんで気にしないで下さい。こうした事件の場合には、被害者の方の周辺の人間関係を中心に捜査を進めるのが通常の方法なのです。あなたは企業経営をなさっているようだし、身代金目的の可能性もありますから」

「ああ、なるほど」

得心がいったような前野の顔つきだった。

「身代金目的の可能性は考えられませんか」

「そこそこ儲(もう)かってはいますが、考えにくいですね」

前野は首をひねった。

「失礼ですが、年収はどれくらいかお教え願えればありがたいんですが」

「いや、僕個人としては三千万円程度ですよ」

前野はけろっとした顔で答えた。

「たいした高収入ですね」

警部補の給料の四人分は稼いでいることになる。

「自分の住んでいるマンション以外に財産なんてないですし、身代金を狙うならもっと金持ちはいくらでもいるでしょう」

自嘲的に前野は答えた。

とは言え、富裕層であることは間違いがない。

「では、愛美さんの周辺について、こんな犯行に及ぶ人物の心当たりはありませんか」

「つきあい始めてまだ一ヶ月なんで、詳しいことはわかりませんが、そんなはずはないです」

前野は困ったように、額にしわを寄せた。

「愛美さんのフルネームを教えて下さい」

「大森愛美です。京浜東北線の駅の大森、愛情の愛に美しいです」

晴虎は手帳に愛美の氏名を記した。

「おいくつですか」

「二七歳です。僕が四三なんで一六歳歳下です」

いくぶん年の離れたカップルだが、一六歳差はそれほど珍しくはないだろう。

「どんなお仕事をなさっていますか」

「一部上場の都内の専門商社の秘書課にいます」

こうした事件の場合、仕事関連の知人のなかに暴力団関係者などが含まれる場合も少ない。とりあえず愛美の勤め先は筋がよいと言える。

「愛美さんは犯人を知っているようには感じられませんでしたか」

「そうは感じませんでした」

前野ははっきりと首を横に振った。

「愛美さんにとっても知らない男だったと思うんですね」

「ええ、ただ暗かったたし、首筋にナイフを突きつけられていたわけですから、知っている男でも気づかなかったかもしれません」

「それはおおいにあり得ることですね」

愛美に対する回答は信じられると感じた。

なにかをごまかそうとするとき、人間はひとつの主張を崩そうとしない。

たとえば、いまの場合なら「愛美は犯人を知らなかった」と言い張るわけである。どちらの可能性も指摘する前野は、まずは正直に答えていると考えて間違いないだろう。

少なくとも前の交際相手など親しい者であれば、いくら緊張していても愛美は気づくのではないか。とすれば、犯人は愛美とは遠い位置にいる人間である可能性が高い。

「愛美さんが、狙われるような理由も考えつきませんか」

「まったく思い当たりません」

前野は断言した。

犯人の動機は見えてこない。

早く接触してくることを願うばかりだ。

「クルマはどんなクルマでしたか」

「セダンです……黒っぽい色でした。車種はよくわかりませんが……」

「あなたはクルマには詳しいですよね」

あんな旧車に乗っているのだから、カーマニアなのだろう。

「アルファをはじめイタ車は好きですが、国産車の新しいクルマはよくわかりません」

気取っているような雰囲気はなかった。本当のことなのだろう。

カーマニアは自分の好きなジャンルのクルマ以外には興味がないのかもしれない。

「国産車ということはわかったんですね」

「右ハンドルでしたし、ああ、トヨタですよ」

つまらなそうに前野は答えた。

「基本的なお尋ねですが、事件が起きた時刻はわかりますか」

「犯人のクルマが出て行ってからすぐに身体が自由に動くようになりました。それであわててここへ駆け込んで女将さんに一一〇番を頼んだんです」

雪枝がうなずいた。

「前野さまは、息をするのも苦しそうでいらっしゃったんで、わたしが代わって一一〇番しました」

「甘利さんが通報なさった時刻は午後八時一一分です。とすると、事件発生は八時頃ということになりますね」

「そうです。たぶん八時くらいです」

前野は小さくうなずいた。

「うちは六時にお食事をお出ししていますが、前野さまがお食事を終えられて外へお出になったのは、七時四〇分くらいだったと思います」

現在、八時四一分だ。八時に襲われたとすると、事件発生から四〇分ほど経過している。愛美を略取後すぐに、犯人が県道76号線を２４６号線方向に下ったとすれば、とっくに別のエリアに移動している。東へ逃げれば山北駅のあたりだが、西へ逃げれば下手をすると、静岡県に出て行ってしまっているかもしれない。

緊急配備は掛けられているが、静岡県警も協力する広域緊急配備は発令されていない。被害者大森愛美の名前と、犯人の特徴、黒っぽい国産車で逃走中であることを本署に連絡しよう。そう思ったところで、山県の声が廊下から響いた。

「刑事さんがお見えです」

襖が開いて、二人のスーツ姿の男が入って来た。

腕に「機捜」の腕章をつけ、耳に受令機のイヤフォンをつけている。無線でこちらへ向かうと言っていた機動捜査隊員が到着したのだ。

「警察です。お電話くださった方からお話を聞きたいんですが」

年かさの同い年くらいの男がはっきりとした口調で声を掛けてきた。

「お疲れさまです。丹沢湖駐在所員の武田です」

晴虎は立ち上がって近づいていくと、一礼して名乗った。

男たちは晴虎の姿を見て顔を見合わせた。

年かさのいかつい顔の男が、晴虎の胸の階級徽章（きしょう）を見てハッとした顔になった。

「小田原分駐所の長井（ながい）です」

長井が名乗り、もう一人の若い男が頭を下げた。

腕章に印がないので、長井は巡査部長だろう。

階級の上では、警部補である晴虎は機動捜査隊では主任クラスとなる。

「いま、被害者の前野康司さんからお話を伺っているところです。連れ去られたのは大森愛美さん二七歳。犯人は身長一八〇センチくらいのがっちりした男で、黒っぽい国産車で逃走中です」

追跡するために必要な最低限の情報を晴虎は告げた。

若い男が無線で晴虎が伝えた内容を素早く報告した。

「緊急配備に引っかかってくれるといいんですがね」

長井はたいして期待していないような口ぶりで言った。

「前野さんは犯人に心当たりはないそうです。狙われた理由もわからないとのことです」

晴虎の話に長井は見当違いの答えを返してきた。

「外にパトカーが停まってませんね」

「ビールを口にしてたんで、駐在所から走ってきました」

「なるほど、勤務時間はとっくに終わってますもんね。丹沢湖駐在所はあの永歳橋に掛かる手前ですよね。どれくらいの距離があるんですか」

長井はあきれたように笑った。

「四キロ弱です」

「何時に現着したんですか」

「二〇時三〇分です」

「一一〇番通報が二〇時一一分ですね。ずいぶん早く着きましたね」

「一四分で現着しました」

「ほんとですか。一キロ三分ちょっとですか、マラソンでも一級クラスだ」

長井は目を見開いて大げさに驚いた素振りを見せた。

「ええ、まぁ……」

晴虎はちょっとイライラしてきた。こんな話をしている暇はないはずだ。

「我々は255号線の相模金子駅付近にいたんで二〇キロくらい離れてましたが、サイレン鳴らして飛ばしてきました。まさか、我々より先に現着しているとはね」

「西丹沢地域は、うちの駐在所以外には常駐している警察官はおりませんから」

晴虎は面積で言えば、県警随一の広大な地域を管轄している。

「このエリアに我々が駆けつけるような緊急事態は、まずめったに起こりませんからね」

「その緊急事態が起きてしまったわけです。駐在所員のわたしとしても最大限の協力をします」

晴虎は声を強めた。

「まぁ、でもここはわたしたちにお任せ下さい。武田さんはお引き取り頂いて結構です」

丁寧な口調は崩さなかったが、長井はどこか晴虎を見下しているように感じられた。

「では、前野さんから伺った内容をお伝えします」

長井は掌をひらひらさせた。

「わたしらがもう一度聴取しますんでご心配なく」

長井の表情には晴虎に早く消えて欲しいと書いてある。

刑事部の仕事に、駐在所員如きが割り込むなと言わんばかりであった。

もし、晴虎の階級が同じ巡査部長であれば、もっと露骨に追い払っただろう。

だが、こうしたことも覚悟の上で、駐在所員への異動を希望したのだ。

自分は地域課の職員に過ぎないが、機捜は刑事事件の専門捜査員だ。

「わかりました。人質になっている大森愛美さんを一刻も早く救出しなくてはならないですね」

「むろんのことです」

長井はちょっと顔をしかめた。

「では、わたしはこれで失礼します」

「ご苦労さまでした。ゆっくりお休み下さい」

機捜の二人はかたちばかりに頭を下げた。

「じゃあ、女将さん、また」

雪枝が立ち上がろうとするのを手で制して晴虎は広間を出た。

玄関の外の人だかりはまだ消えていなかった。

ひそひそと不安そうに話す声が聞こえる。

晴虎は会釈して、ニレの湯へ向かって歩き始めた。

すでに事件は自分の手を離れたが、略取のあった現場はいちおう見ておきたかった。

夕方、泰文を救出した河内川沿いの道を歩いて、湯の沢の吊り橋を目指した。

帯革のＰＳＷ無線端末から緊急配備解除の指令が入電した。

やはり成果は上がらなかったのだ。

北川館の灯り(あか)でぼんやりと見えているが、左手の川は夕方の騒ぎが嘘のように静まりかえっている。

夜空の星はますます冴(さ)えている。もうすぐ天の川も姿を現すはずだ。

吊り橋を渡ると、ニレの湯の砂利敷きの駐車場に出た。

駐車場は二つあって、下流のこちら側は川遊びの観光客用となっている。

泰文が取り残された大岩付近は人気のある川遊びスポットで、夏休みの土日などは朝の九時にはこの駐車場も満車になることが多い。

入浴客はもう少し上手の駐車場を利用するように考えられている。

ニレの湯の露天風呂の樹脂の竹垣越しに特徴ある丸っこい浴槽棟の屋根が見えて、ぼんやりと灯りが漏れている。

いま現在、この駐車場には一台のクルマも駐まっていなかった。

街灯も設置されておらず、藪の中や簡易水道施設の小屋陰など隠れる場所には困らない。

襲撃のタイミングから考えると、犯人は北川館の玄関が見える林などに隠れていて、前野・大森カップルの後をつけ、この駐車場で襲撃したと思われる。

この駐車場は、閉鎖時も入口にゲートなどはなく、トラロープが張られるだけなので、実質上、出入りは自由である。犯人が外したものだろうが、トラロープは掛かっていなかった。

ここにクルマを駐めておいて逃走に使うのは、きわめて都合がよいと言えた。

犯人はこの北川温泉に過去に来たことがあるか、少なくとも入念に下見をした可能性が高かった。

晴虎は駐車場に足を踏み入れるのを思い留まった。

あとで松田署の鑑識課が出張ってくるはずなので、現場を荒らすことはためらわれた。

ただ、砂利敷きだけに明確なタイヤ痕は発見できまい。

役に立つとは思えなかったが、晴虎はコンパクトデジカメを取り出して高感度で何枚かの写真を撮った。

「すると、この吊り橋を渡って駐車場に入ったわけですね」

「はい、駐車場に入ってすぐに僕は襲われたんです」

背後から人の声が聞こえてきた。

振り返ると、ライトを手にした長井たちと前野だった。

「武田さん、この現場には鑑識が入りますんで、立ち入らないで下さい」

長井がぶしつけに警告してきた。

「入ってません。わたしも以前は刑事部にいましたんで」

晴虎は静かに答えた。

「ほう、そうでしたか。そりゃあ」

長井はいちおう驚いたような顔を浮かべた。

「とにかくこの事案は刑事部が担当しますんで」

のど元まで「さっさと帰れ」と出かかっている。

「わかりました。あとはお願いします……前野さん、愛美さんの一刻も早い救出を願っています」

それだけ言うと、晴虎は踵を返し川沿いの遊歩道を歩き始めた。

どうしても刑事としての習性が抜けきらない自分に苦笑しながら、晴虎は駐在所への帰路を辿(たど)った。

帰り道は少しゆっくりめに走った。

駐在所に着いたときには、九時をとっくに過ぎていた。

【2】

駐在所に帰り着いた晴虎は、本署に電話して地域課の当直職員に北川館での聞き込みのようすを報告した。

当直の巡査部長は、いちおうメモを取っていたが、刑事部ですでに捜査態勢に入っていて報告内容は届いていると答えた。

晴虎が聞き込みをした内容は活(い)かされることはなさそうだった。

仕事は終わったが、さすがに酒を飲む気にはなれなかった。

たしかにＳＩＳだった頃には、誘拐事犯は専門に扱ってきた。

だが、自分はすでに刑事部から退(しりぞ)いた人間だ。

自分がしゃしゃり出る場面でないことは明らかだった。

もはや事件は刑事部の手に移ったのだ。

すでに犯人は遠い地域に逃げてしまっているかもしれない。

それでも、自分の管轄区域で発生した事件が現在も進行中なのだ。なにかの出動要請があれば全面的に協力したいという気持ちはあった。

頼まれれば警察車両の交通整理でも進んでやりたいとは思っていた。

晴虎は制服と装備をしまい、部屋着に着替えて寝室に上がっていった。

ベッドに寝っ転がって読みかけの小説本をひろげた。

風が強くなったのか、まわりの山の木々がざわめいている。

九時三五分に、署活系無線で本署の松田警察署に指揮本部が立つことが連絡された。

犯人の足取りはつかめていないのだ。

いまごろ、松田署はてんやわんやになっているはずだ。

犯罪発生件数の少ない平和な地域なので、この駐在所に赴任以来、指揮本部や捜査本部が松田署に立ったことは一度もなかった。

だが、当然のように、晴虎に対して出動要請はなかった。

いつの間にかうとうとしたらしい。

署活系無線に入電した音で覚醒(かくせい)した。

――管内山北町北川用木沢(ようぎざわ)出合(であい)、県道76号線終端付近で、本日二〇時頃発生の略取誘拐事件において手配中のものと思量される不審車両発見。繰り返す……。

「なんだって！」

晴虎は跳ね起きた。

用木沢出合は北川温泉から河内川をさらに六キロほど遡(さかのぼ)ったところで河内川に用木沢が流れ込む地点である。道路も二股(ふたまた)に分かれ、右へ折れる県道76号線も直進する林道もすぐ先で通行不能となっている。

犯人はクルマを乗り捨て、この場所から愛美を連れたまま山中に潜伏(せんぷく)している可能性が出てきた。

時計の針は午後九時四五分をまわっている。

自分の庭である丹沢駐在所の管内で、この深夜に捜査が続けられている。寝ている場合ではない。

PSD端末が鳴動した。

本署松田署からの着信だ。

「はい、武田ですが」

晴虎は素早く電話を取った。

「小山田(おやまだ)だ。休んでいるところ悪いな」

耳もとで低い声が響いた。

電話の相手は地域課長の小山田辰雄(たつお)だった。晴虎の直属の上司である。

五五歳の警部で、豪胆な顔つきとは似合わず、部下の者にはいろいろと気遣いする。反面で細かいところにうるさい。

根は悪い人間ではないが、保身的なのだと思う。

松田署に指揮本部が立ったのだから、地域課長の小山田が呼び出されるのは不思議ではない。

「いや、かまいません。用木沢出合付近で犯人のものらしい車両が発見されたんですね」

「そうだ、車両のナンバー照会から所有者が判明した。厚木市在住の岡部正教という三三歳の会社員の男だ」

小山田は憂鬱そうな声で答えた。

「すると、その岡部が略取・誘拐の有力被疑者というわけですね」

「おそらくそうだ。勤めている会社関連から、本人の携帯番号を聞き出すことができた。刑事部で連絡しているがつながらない」

「岡部と愛美さんの関係は判明しましたか」

「いまのところわからん。いずれにしても、うちの管内に潜伏している可能性が高くなった。そこで、箒沢の奥の県立西丹沢登山センターに前線本部が立つことになった」

「ああ、登山センターですか」

西丹沢登山センターは、檜洞丸や畦ヶ丸など、西丹沢の人気の山に登山する人たちの拠点として設立された施設である。自然情報の発信や登山者へのアドバイスなどをおもな仕事としている。

不審車両が発見された用木沢出合から、二キロ弱北川温泉側へ下った場所にある。この付近はすでに集落は存在せず、キャンプ場や釣りセンターなどが点在している。

「前線本部にはうちの人間と、いま松田署の指揮本部にいる捜査一課の捜査員たちがあわせて十数名ほど移ることになっている」

「なるほど、指揮本部から三分の一くらいの捜査員をこちらへよこすんですね」

「そういうわけだ……それで武田くんに頼みがある」

「交通整理でもなんでもやりますよ」

「そりゃ車両は何台か向かうが、交通整理の必要はないよ」

小山田は晴虎の冗談を本気にした。頼まれることはわかっている。

「どうぞ下命をお願いします」

「前線本部の開設準備をしてほしいんだ。こんな時間に悪いが、ぜひ頼むよ」

簡単に下命すればよいのに、頼むなどというところが小山田らしい。

「了解です」

「うちのほうも指揮本部のほうで手いっぱいで、職員を回せないんだ」

「かまいませんよ。鍵はどうします？」

たしか、登山センターは五時前に閉まっているはずだ。

「幸いなことに、登山センターの秋山主任が北川地内に住んでいて、すでに現地に向かっている。解錠は頼んである」

「ああ、秋山くんなら知っています。では、すぐに登山センターに向かいます」

晴虎は西丹沢山岳救助隊に所属することを希望していて、ここへ赴任してから秋山康男とは何回か会っている。

ちなみに、東丹沢地域の秦野署と西丹沢地域の松田署には、警察官で構成される山岳遭難救助隊がある。晴虎が入隊を希望しているのは、これとは別に西丹沢登山センターを拠点とした民間ボランティアの救助隊である。

「すまんね。わたしは指揮本部に詰めているから、なにかあったら連絡をくれ」

「了解しました」

電話を切った晴虎はかるく息を吸い込んだ。

山奥の駐在所勤務に就いて二ヶ月あまりで、今日のような事態が訪れるとは予想していなかった。

ＳＩＳの頃に向き合っていた事件が舞い込んできた。

だが、指揮者として責任を持って事件に関わることはもうない。

前線本部の準備に従事するのは望むところだ。

できることなら、前線本部に参加して事件解決に尽力したい。

晴虎はナイトテーブルからアルコールチェッカーを取り出した。

呼気一リットル中のアルコール濃度が〇・一五mg以上が酒気帯び運転となるが、測ってみたらほとんど検出されなかった。

八時にビールを七〇cc程度しか飲んでいないのだからあたりまえだろう。

晴虎は制服に着替えた。

地域課の制服は冬服・合服・夏服の三種類が用意されている。夏服は六月一日から九月三〇日、冬服は一二月一日から三月三一日、その間は合服を着るように定められている。

夏服を着用すべき時期に入っているが、屋外で任務につく可能性もある。

夜間の西丹沢地域は冷え込むおそれがある上に、虫の害もないとはいえない。晴虎は制服の上から支給品の防刃ベストを着け、さらに紺色のパーカーを羽織った。

すべての装備を身につけて晴虎は駐在所を出た。

県道76号線にはクルマの影はなかった。

ジムニーパトは対向車両とすれ違うこともなく最奥の集落である箒沢を過ぎた。

県道左側に特徴的な丸っこい緑色の屋根を持つ西丹沢登山センターが見えてきた。

ちなみに県道76号線はこの登山センターから奥は林道扱いとなっている。

すぐ左手の駐車場に晴虎はクルマを駐めた。

一〇台以上は駐められるので、警察車両の駐車場には問題がないだろう。

秋山が乗ってきたと思しき白い軽自動車が一台駐まっていた。

山では木々がざわめき、谷には目の前を流れる河内川のせせらぎが響き渡っている。

自然音以外に聞こえる音はなかった。まさに静寂郷そのものである。

箒沢という変わった地名は、ここから少し戻った山際に、箒杉と呼ばれる古代杉が生えていることにちなむ。

樹齢二千年といわれていて、高さは四五メートル、根回(ねまわり)は一八メートルもあって国の天然記念物に指定されている。

晴虎は地域巡回時に見ている。箒に似ているとは思わないが、実に巨大で圧巻である。

建物に足を運ぶと、平屋建てのセンター入口のシャッターは開かれて、玄関ホール部分にも灯りが点(つ)いていた。

この部分にトイレや登山届を提出するポストなどがある。

足を踏み入れると、奥の部屋にもあたたかい灯りが点いて誰(だれ)かが立ち働いていた。

「秋山さん、武田です」

声を掛けると、扉が開いて大柄な青年が出てきた。

「武田さん、お疲れさまです」

陽に灼(や)けた細長い顔に白い歯が輝いた。

こんな時間なのに、元気いっぱいの声で秋山はにこやかに答えた。

登山シャツにクライミングパンツのいつもの出(い)で立ちだった。

大学時代は山岳部に所属し、海外遠征で数々の高峰に登頂した経験を持つ登山のエキスパートである。

そんな経歴にふさわしく、背の高い身体はよく引き締まっている。

「秋山さんこそ、ご協力に感謝します」

晴虎は挙手の礼を送った。

「いやぁ、大変な事件が起きてしまいましたね。まさか北川温泉でお客さんの女の人がさらわれるなんて」

秋山は眉根(まゆね)にしわを寄せた。

「警察から事件の概要についての連絡があったんですか」

晴虎は驚いて訊いた。

「いえ、重大事件が発生したんで、ここを貸してほしいとだけ……でも、北川温泉あたりの住人はみんな知ってますよ。北川館のお客さんが誘拐されたって」

晴虎は北川館のエントランス前にたむろしていた人々を思い出した。

従業員もおおよそのことは知っているだろうし、人の口に戸は立てられないということか。

「まぁ、地元の皆さまにはお騒がせの事案ですね」

自分も地元の人間ではない晴虎は、肩をすぼめて答えた。

「ははは、僕も地元の人間じゃないから」

秋山は快活に笑った。

「でも、北川に住んでるじゃないですか」

「そうね、二年間住んでるから半分は地元か。まぁ、なかに入って下さい」

陽気な声で秋山は室内に掌を差し伸べた。

「前線本部……でしたっけ。何人くらいのおまわりさんが来るんですか」

「たぶん一五、六人だと思います。おおかた私服の捜査員でしょうけれど」

「つまり刑事さんが来るんですね」

私服警察官は刑事課だけにいるわけではないが、一般の人は制服警察官をおまわりさんと呼び、私服警察官を刑事と呼ぶことが多い。

「そういうことになりますね」

「見て下さい」

秋山は室内に視線を巡らせた。

「そうか……」

晴虎は低くうなった。

ウッディな室内は二つのスペースに分かれている。

展示室は丹沢の動植物を説明したパネルや丹沢山塊の立体模型などが展示されていて座れるような場所はない。

隣の休憩スペースは部屋の隅にマントルピースが設けられている山小屋風の空間だった。

だが、木のテーブルに丸太を輪切りにした椅子が四つ。ほかにカウンターがあって、いくぶん背の高い三つの丸太椅子が置いてあるだけだった。

このままでは十数名の人間は、床にそのまま座るほかはない。

「倉庫のなかにパイプ椅子はしまってあるんですよ。でも、一〇脚くらいかな」

秋山の言葉はありがたかった。

「それだけあればじゅうぶんだと思います。運びますんで鍵を貸してください」

「一緒に運びますよ」

「いや、秋山さんにそんなお手間を掛けては……」

「同じ神奈川県の職員同士じゃないですか」

「すみませんねぇ」

晴虎と秋山は裏の倉庫へ行って、パイプ椅子を何回かに分けて運び出した。

テーブルとカウンターを使って、なんとか十数名が収まるかどうかというスペースが作れた。カウンターには無線機やＰＣなどを置けばよさそうだ。

「電源が足りないかなぁ」

秋山は額にしわを寄せた。

「テーブルタップがいくつかあればいいんですがね」

「仕方がないから、展示照明に使っているテーブルタップをいくつか外しましょう」

秋山は手際よく、テーブルタップを休憩室のテーブルやカウンター付近に配置した。

ひと通りの準備をするのに、二〇分と掛からなかった。

「こんな時間まで申し訳ありませんでした」

「いいえ、明日は休みだし、どうってことありませんよ」

「ありがとうございます。ご苦労さまでした」

晴虎は礼を言ったが、秋山はもじもじと大きな身体をゆすった。

「あのぉ、僕もしばらくいていいですか」

遠慮がちに秋山は申し出た。

「でも、遅いですし」

「お手伝いしたいんです。さらわれた女の人が気の毒だし、北川館のお客さんですから」

晴虎としては、ためらわざるを得なかった。

指揮本部や捜査本部は通常、警察署内に設置されるので、警察官以外の人間を立ち入らせることは考えられない。

しかし、秋山はこの建物の管理者だ。

同じ県とは言え、警察は緑政部自然環境保全課の善意に頼って、この建物を前線本部として借り受けているのである。

むげに出て行けと言ってよいものかどうか。

さらに秋山はこの地域の山に非常に詳しい。彼の力が必要になるときが来るかもしれない。

判断は、この前線本部を仕切るトップにさせるべきだと思った。

予想では捜査一課から警部クラスが一人は来ると思われた。

いずれにしても、開設準備を下命されているだけの自分が考えることではないだろう。

「警察の皆さんにお茶を入れる準備をしますよ」

「あ、一緒にやります」

「茶碗がないんで、紙コップになっちゃうけど」

「ぜんぜんかまいませんよ」

「ま、冷めちゃうと思いますけどね」

秋山は屈託のない顔で笑った。

倉庫の隣にある手狭な給湯室で、二人は湯を沸かしてやかんにティーバッグをいくつか放り込んだ。

そんなこんなと準備をしているうちに、遠くから複数の自動車のエンジン音が響いてきた。

静かな山あいなので、かなり遠くの音も聞こえる。

しばらくして、外が騒がしくなった。

晴虎と秋山は玄関ホールに迎えに出た。

「警察です」

スーツ姿の五人の男が暗がりから次々に現れた。

「登山センターの秋山です」

「責任者の宇佐美です。場所をお借りできることに感謝します」

五〇くらいの目の細いクールな雰囲気の男が丁寧に頭を下げた。

秋山という一般市民に対する態度は男の有能さの一端を示しているような気がした。

頭を下げた目つきの鋭い男にはなんとなく見覚えがあった。

中背だが、筋肉質の身体をしている。

「丹沢湖駐在所の武田です」

「刑事部管理官の宇佐美だ」

よく通る声で宇佐美は名乗った。

管理官となると、階級は警視だ。本部では管理官クラスだが、小規模署では署長に就く地位である。

県警本部が前線本部に力を入れていることがよくわかった。

「手狭なところですが、まぁ、なかにお入りください」

秋山の言葉に五人の捜査員は室内に入った。

晴虎と秋山も後に続いた。

宇佐美管理官は振り返って晴虎に声を掛けた。

「武田駐在所員は戻ってもらって結構だ。ご苦労さん」

二階級下の自分に対する態度としてはずいぶん丁重だ。だが、晴虎としては素直にうんとは言いたくなかった。

「お手伝いをしたいのですが」

晴虎は宇佐美の目を見てつよい口調で申し出た。

宇佐美管理官は小さく首を横に振った。

「捜査一課の精鋭を連れてきている。心配は要らない」

「わたしは四月に赴任したばかりですが、この地域にはまぁ詳しいんで道案内できます。被疑者が山中に潜伏していた場合、捜索には道を知っている者が必要でしょう」

「うーん、なるほど山道に詳しいか」

宇佐美管理官は低くうなった。

「もちろん、登山道から外れている場所まではそれほど詳しくないですが」

「わかった。武田駐在には地理的な面で協力してもらおう」

宇佐美管理官は気難しげにうなずいた。

晴虎としては、駐在所員らしい立ち位置ができたことが嬉しかった。

「僕もお手伝いしたいです」

秋山が気負い込んで申し出た。

「いや、お申し出はありがたいが、前線本部に民間の方を入れるわけにはいかないんです。深夜までのご協力に感謝致します」

宇佐美は慇懃な口調で断った。

「秋山さんは、わたしよりはるかに山に詳しいです。登山道以外の脇道もよくご存じです」

晴虎は言葉に力を込めた。

以前から丹沢の山にも登ってきた晴虎だが、この土地の住人となって二ヶ月ちょっとでは脇道などは知るはずもなかった。

話しているうちに秋山の力が必要だと思えてきたのである。

「だが、警察官以外の者を前線本部に入れるわけにはいかない」

宇佐美管理官は口をへの字に曲げて厳しい顔つきになった。

「管理官、意見を申しあげてよろしいでしょうか」

かたわらに立っていた三〇代後半の細い顔の捜査員が口を開いた。

「さっさと話せ」

「秋山さんには、別室で待機して頂いて、必要があったらこちらからお伺いするというのはいかがでしょうか。たとえば、指揮本部が警察署に置かれた場合も、ほかの部屋には民間の方を含めて大勢の方が出入りするわけですし……」

捜査員はなめらかな口調で熱っぽく言った。

宇佐美管理官は腕組みをしたまましばらく考えていた。

「そうだな、別室なら差し支えあるまい」

渋い顔で宇佐美管理官はOKを出した。

「準備が終わったら、僕はバックヤードにいますよ」

秋山は明るい顔で言った。

「江馬(えま)くんじゃないか」

晴虎は意見具申をした捜査員に声を掛けた。

かつて晴虎が捜査一課強行第五係の主任をしていたときの部下だった江馬輝男(てるお)である。

晴虎は六年ほど前に特殊捜査一係から強行第五係に一時的に異動していた。

「武田さん……こんなところでお目に掛かるとは」

江馬は大きく目を見開いてうなった。

「この四月から丹沢湖駐在所の駐在所員に異動になった」

「そんな……まさか……」

「希望したらすぐに通ったよ。君は本部か」

「はい、いったん第五方面本部に移ったんですが、この春、強行八係に異動になりました」

江馬は嬉しそうに答えた。

「そうか、また捜査一課か」

「僕は武田さんには頭が上がらないんですよ」

「まぁ、あの頃はいろいろとあったからな」

部下だった頃の江馬を、晴虎は何度も助けたことがある。

「江馬主任と武田駐在所員は知り合いなのか」

宇佐美管理官はけげんな顔で訊いた。

江馬は捜査一課の主任に昇格しているのだ。とすると、階級も警部補で晴虎と同じになったわけだ。

「はい、わたしは武田さんの部下でした」

「なるほど」

宇佐美管理官はそれほど関心がなさそうにうなずいた。

「失礼します。特殊第一係第四班です」

キビキビとした声が響いた。

現れたのは、濃紺のアサルトスーツに身を包み、耐刃防護仕様の黒いタクティカルベストを身につけた五名の捜査員だった。膝にはニーパッドを装着している。

誰もが鍛え上げた筋肉質の身体を持っていた。

任務によってはヘルメットを着用するが、現在は全員がキャップをかぶっている。

晴虎にしてみれば、なつかしい制服姿だった。

「武田班長……」

先頭に立っていた男が絶句した。

三月まで部下だった海野だ。晴虎の異動とともに警部補に昇格して捜査一課特殊第一係第四班長となった。つまりは晴虎の後任者だ。

「海野か、俺はもう班長じゃない」

「そうでした。お疲れさまです」

海野は姿勢を正して挙手の礼をした。

背後に立つ四名もいっせいに挙手の礼をした。

室内での正式な敬礼は身体を折る動作だが、装備をつけたＳＩＳ隊員は挙手の礼をすることが多い。

「班長」

「お目に掛かれて嬉しいです」

「ご無沙汰しております」

SIS隊員たちは口々にあいさつした。

仁科、葛山、河窪、望月となつかしい顔ぶれがそろっている。

「しかし四班が出張ってくるとはな」

晴虎は苦笑せざるを得なかった。

SISは誘拐・立てこもり事件について専門の特殊訓練を積んでいる。今回の事案に出動するのは不思議でもなんでもない。だが、いざ現実のものとなると、なんとなく落ち着かない気持ちになってくる。

宇佐美管理官もほかの捜査員たちもぼう然とこの光景を見ていた。

「武田駐在は刑事部にいたのか」

ややあって宇佐美管理官がぼんやりと訊いた。

「ええ、こちらに異動になる前は捜査一課におりました。最後の所属は特殊第一係です」

平板な口調で晴虎は答えた。

宇佐美管理官は目を大きく見開いて晴虎を見据えた。

「わたしの前任の班長です」

海野が誇らしげな声で言った。

「そうなのか……わたしはこの四月に第六方面本部から異動になったばかりだから、知らなかった」

宇佐美管理官は気まずそうに言った。

続いて四人の制服警官が到着した。

松田署は指揮本部に人員を割かれたためなのか、各部署からの寄せ集めだった。地域課地域第三係長の山口警部補がトップだ。

晴虎と秋山を含めて一六名の人間が入ったので、室内はかなり窮屈になった。

警察官は大柄の人間が多い。

「皆さん、お茶をどうぞ」

秋山がプラ盆に紙コップを並べて捜査員たちの前のテーブルに置いた。

晴虎も両手にやかんを提げて来た。

捜査員たちは口々に礼を言って、紙コップに手を伸ばした。

「では、装備を展開してくれ」

宇佐美管理官のひと声で強行八係とＳＩＳの捜査員たちが、無線機やＰＣをテーブルやカウンターに並べ始めた。

「じゃあ僕はバックヤードで寝てますね。何かあったら起こして下さい」

秋山は部屋から出て行った。

すぐに準備が整って、捜査会議が開かれた。

窮屈な姿勢で一五人はそれぞれの椅子に座った。

「捜査一課の江馬です。まず事件の概要をもう一度説明します。事件発生時刻は二〇時前後、発生場所は山北町北川地内の町立温泉ニレの湯駐車場……」

江馬が立ち上がって話し始めた。

無駄のない江馬の説明は、いままで晴虎が把握(はあく)していることと矛盾(むじゅん)はなかった。

「ナンバー照会によって乗り捨て車両の所有者と判明した岡部正教という三三歳の男がマル被とみて間違いありません。連絡もつかない上、厚木市内の自宅にも帰っていません。岡部については、手もとの資料を見てください。横浜市内の医療機器メーカーの営業職で、前科などはありません。会社の上司や同僚(どうりょう)の話では勤務態度もまじめで一昨日までは通常通り出勤していたとのことです。本日は朝から有給休暇を取得していたそうです。いまのところ、岡部側からは、略取された大森愛美さんや、同行者の前野康司さんとの関係は見つかっていません」

江馬は冴えない顔で言葉を切った。

若い私服捜査員が立ち上がった。

「大森愛美さんと前野康司さんの周辺を捜査一課の捜査員が洗っていますが、この時刻ですのではかばかしい成果は上がっていません。現在のところ、被害者側からも岡部につながるような接点は見つからずにおります」

ふたたび江馬が話し始めた。

「連れ去ったときの状況から、犯行には計画性が見られます。この点からすると、わいせつ目的とは考えにくいです。一方、何らの要求もなく、すぐに足がつくように車両を乗り捨てていることから考えると、身代金目的とも考えにくい部分もあります。となると、怨恨目的が浮かび上がってきますが、岡部と大森愛美さんとの間の接点が見つからない限り、怨恨に絞り込むことは困難かと思量します」

江馬と若い捜査員はともに座った。

「動機は不明か……しかし、いまのところ怨恨の可能性が高いな」

宇佐美管理官は鼻から大きく息を吐いた。

晴虎もまったく同意見だった。

「北川温泉付近とその上流の箒沢集落には松田署員が巡回して不審者情報を集めています。ですが、現時点では該当するような不審者の情報は得られていません」

松田署の捜査員が報告した。

本来なら、このグループに組み入れられるところだ。だが、すべての民家を廻ってもたいした軒数はないので、晴虎は前線本部の準備に廻されたのだろう。

ＳＩＳの海野が話し始めた。

「現在、二二時四七分です。二〇時前後の事件発生から三時間近くを経過しています。自動車道路終端付近でクルマを乗り捨てていることから、岡部は愛美さんを拉致したまま山中に潜伏しているものと考えられます。幸いこの季節ですから、低体温症の心配はないと思いますが、山中を連れ回されているとしたら、人質の体力が心配です」

「すでに殺害されていなければよいのだが……」

松田署の年輩の捜査員が不規則発言をした。たしか生活安全課の巡査部長だ。

宇佐美管理官が咳払（せきばら）いをすると、年輩の捜査員は首を縮めた。

「いまのところ動機はわかりませんが、いちばん心配なのは無理心中です。なんとしても、岡部が凶行に及ぶ前に人質を解放しなければなりません」

「人質の生命だけはなんとしても守らなければならない」

宇佐美管理官が力強く言い放った。

海野は言葉を続けた。

「仮に動機が怨恨だとしても、岡部からなんらかの要求がある可能性はあります。愛美さんと前野さんは二人とも独り暮らしなので、家族への要求はありません。愛美さんの携帯は本人が所持していることから、もし要求があるとすれば、まず第一に前野康司さんの携帯に対してであろうと思われます。次に岡部は愛美さんと前野さんが北川館の宿泊客であることを知っていたと思量されますので、北川館の固定電話に対して要求することも考えられます。そこで、現在、北川館には前野さんが待機しております。岡部からの要求があった場合に備えて、交渉役としてうちのほうから二名を北川館に貼（は）りつかせてあります」

ＳＩＳの捜査員は略取・誘拐犯からの要求に対して、ネゴシエータープログラムを履修し、交渉術を習得している。海野の措置は常道と言える。

「なお、岡部の携帯番号は判明しております。北川館の二名は定期的に岡部と愛美さんの携帯に電話を掛け続けていますが、まったくつながりません。携帯電話会社各社に確認したところ、この地域では県道76号線から三〇〇メートル程度の範囲を出ると、電波が届かないとのことです。もし、岡部が道路から外れた地域に潜伏していれば、圏外となるはずです」

話し終えた海野は座った。

「犯人からの要求待機は北川館のSIS隊員に任せよう。何かあったらこちらで指揮をとる。人質の一刻も早い解放のためになにを為すべきかだが、わたしは潜伏場所の予想を立てて、ローラー式に山狩りをすべきだと考える。夜が明けたら応援を頼んでさらに場所をひろげてゆく」

宇佐美管理官の声は凜と響いた。

捜査員たちは顔を見合わせた。

あたりが明るくなるまではまだ相当の時間がある。

「あの……意見を言ってもいいですか」

晴虎は遠慮がちに口火を切った。

「どうぞ」

宇佐美管理官はぶっきらぼうな声で答えた。

警視の判断に二階級も下の警部補が異を唱えるのは、警察組織では通常あり得ない話だ。

「この季節の夜明けは午前四時半頃です。山狩りをすると言っても、容易な話ではありません。捜索活動を行う場合には少人数で、かつ道に詳しい者の案内を必ずつけるべきです。ローラー式では、道に詳しくない者が誤った判断で崖から転落するなどして遭難するおそれがあります」

晴虎は静かに、しかし言葉に力を込めて意見を述べた。

要するに少人数での捜索活動以外は、夜が明けるまで不可能だと主張したいのだ。

宇佐美管理官の眉間に見る見る深い縦じわが寄った。

「人質の生命が懸かっているんだ。ここで犯人からの連絡をただ待っているわけにはいかない。我々は人質の解放のためにできる努力をしなければならないのだ。幸い、今夜は満月に近く空はよく晴れている。道に詳しくない者でも月の明かりである程度の捜索活動はできるはずだ。少なくともクルマが放置されていた用木沢出合付近を捜索すべきだ」

宇佐美管理官は激しい口調で言い放った。

「スーツ姿で山に入るのも危険です」

「みんな作業衣やスニーカーは持参している」

「スニーカーでは危険な場合もあります」

「そのためにＳＩＳ隊員が来ているんだ」

部屋中に宇佐美管理官の声が響き渡った。

ＳＩＳ隊員の装備は、ブーツも含めてある程度の野外捜査に耐えられるようにできている。

海野やほかのＳＩＳ隊員は気まずそうにうつむいている。

「同じことが岡部にも言えると思います。山の装備をしておらず、この地域の山にも詳しくない。いくら月があっても動き回っているとは思えません」

「なにが言いたい」

宇佐美管理官はけげんな顔をみせた。

「ふたつの可能性があります。ひとつはすでに登山道を使って相模原市の津久井方面か山梨県の道志方面に逃亡している可能性です」

「そんなところへ出るのか……おい、誰か地図を持ってこい」

宇佐美管理官は声を張り上げた。

松田署の制服警官がすぐに国土地理院の「中川」の二万五千分の一地図を持って来てテーブルにひろげた。

捜査員たちはテーブルを囲んで地図を覗き込んだ。

「用木沢出合で、道は二手に分かれます。まっすぐ白石沢を遡る登山道を辿れば白石峠を経て山梨県の道志方面に出られます。右へ曲がって東海自然歩道を用木沢沿いに遡って犬越路を経れば相模原市の津久井地区方面へ出ます」

「あらためて県境が近いことや、山越えをすると、まったく別のエリアに出ることがわかるな」

宇佐美管理官は感心したような声を出した。

「ですが、人質を連れた夜間の山越えは困難だと思います。また、クルマを捨ててわざわざ山越えをしてほかのエリアに逃げる意味は少ないです。すでに追跡されていたのであれば別ですが……」

「まぁ、そうも言えるかもしれないな。では、もうひとつの可能性とはなんだ？」

宇佐美管理官はずいぶんと落ち着いてきた。

「岡部は愛美さんを連れて、無人の建物内に潜伏しているのではないでしょうか」

「建物内……そんな建物があるのか」

「まずは用木沢出合付近にはいくつものキャンプ場があります。クルマを乗り捨てた地点にいちばん近いキャンプ場から順にバンガローを捜索する必要がありそうです」

「そうだな、バンガローのチェックはまだだったな」

宇佐美管理官はうなずいた。

「バンガローの窓でも壊して潜伏している可能性はないわけではないと思います」

「よしっ、バンガローで決まりだ。松田署員と強行八係の捜査員でバンガローを廻る」

弾んだ声を出して宇佐美管理官はパチンと指を鳴らした。

「ただ……どのキャンプ場にも管理官は管理者はいます。しかもこの地域のバンガローはわりあい見通しのよい場所に建っています。管理者に気づかれないように人質を連れて窓を壊して侵入するのは容易なことではありません。そうは時間が掛からないと思いますし、念のためにキャンプ場を廻ったほうがいいと進言したのです。さらに疑わしい場所があります」

「では、本命はどこだ？」

「ここです」

晴虎は地図上の一点を指さした。

用木沢出合から五〇〇メートルほど奥の地点である。

「ここになにがあるんだ？」

宇佐美管理官は身を乗り出した。

「用木沢避難小屋という、比較的きれいな無人の山小屋があります」

「クルマの発見場所から近いな」

「ええ、ふつうの登山者の足で用木沢出合から一五分くらい掛かると思いますが、道はよく整備されているので、この月夜なら苦労せずに到着できると思います」

「では、直ちにこの小屋をチェックしよう。ＳＩＳ隊員を向かわせる」

宇佐美管理官の声が昂揚している。

「ですが、疑わしいというだけでこの山小屋に潜伏している確証はゼロです。わたし一人でじゅうぶんです」

「そういうわけにはいかない。マル被はナイフを所持しているんだぞ。人質を救出するのに、君一人では危険極まりない。ＳＩＳを向かわせる」

「わかりました。わたしは道案内をしたいのですが」

「うん、ただしマル被が潜伏していた場合、君は後方支援だ。突入には参加するな」

宇佐美管理官は厳しい声で言った。

手出し無用と釘を刺したわけだ。

「わかりました」

晴虎は静かに答えた。

【3】

二三時一五分。捜査員たちは二手に分かれて前線本部を出た。

前線本部には宇佐美管理官と二人の連絡要員が残った。

捜査一課強行八係と松田署員とが二台のクルマに分乗して出発した。こちらはバンガロー捜索班である。

晴虎は道案内役としてＳＩＳ隊員と同行する。登山道は整備されているので制服姿のまま、靴だけをクライミングシューズに履き替えた。背中には七つ道具の入ったザックを背負っている。

駐車場に出た晴虎は、白いマイクロバスの指揮車と紺色のパネルトラックの資材運搬車が並んでいる姿になつかしさを禁じ得なかった。

ほんの二ヶ月前まではここが職場だったのだ。

「お帰りなさい、班長」

海野がマイクロバスのドアの前でおどけて敬礼した。

ほかの隊員たちも海野に倣った。

「バカ、班長はおまえだ」

「あ、そうでした」

海野はふざけて自分の頭をペチペチと叩いた。

「俺は手出しするなと宇佐美管理官からも仰せつかっている」

「ここにいる誰よりもすぐれた特殊捜査のエキスパートじゃないっすか」

丸顔の仁科巡査部長が声を弾ませた。

「なに言ってるんだ。俺は丹沢湖駐在所の駐在所員だ」

「でも、嬉しいですよ。武田班長とまた一緒に仕事できて」

ひょろっと背の高い葛山隊員も明るい声を出した。彼も巡査部長だ。

「おまえら、無駄話をしてる暇はないだろ」

かつての部下がまだ慕ってくれている嬉しい気持ちを押し殺して、晴虎は厳しい声を出した。

「はっ、全員クルマに乗れっ」

海野が下命すると、隊員たちは二台の特殊車両に次々に乗り込んだ。

晴虎は三ヶ月ぶりに指揮車に足を踏み入れた。

内部は標準の座席がすべて取り払われている。片側の壁にはＰＣや各種無線機がずらりと並んで、メカニックないかめしい雰囲気を醸し出していた。

機械類の放つ独特な金臭さもなつかしい。

後方の適当な席に晴虎は座った。

海野班長は晴虎のすぐ隣の席に腰を下ろした。

「とにかく、用木沢出合に向かってくれ」

「了解です」

運転席から若い河窪巡査長が答えた。

自分がまだこのグループの一員であるかのような錯覚を感じて、晴虎は首を振った。

すでに自分は彼らとは一線を画した立場でここにいるのだ。

第四班を率(ひき)いているのは海野だ。

指揮車は次々にキャンプ場を通り過ぎてゆく。

用木沢出合までは二キロもない。

一キロほど進んだ時点で右手に道が分岐している場所に出た。

「右の道は犬越路林道というんだ。犬越路隧道(すいどう)というトンネルを経て相模原市の津久井地区青根(あおね)集落へと続いている」

「へぇ、こんな道があるんですね」

「この道は、いまは峠付近で通行止めとなっているんだ。隧道を越えて相模原市に入ったあたりから崖の崩落がひどくて復旧は絶望的な状態だ」

「犯人がこの道を越えて相模原市に出たなんてことはないでしょうね」

海野はまわりの林を見廻しながら言った。

「ないだろう。舗装路とは言え、相模原市までは大変な山越えだ。真っ暗な道を一〇キロ以上も歩かなければ、人里へは出ない。しかも青根集落は大変淋しいところで人質を連れていたらものすごく目立つだろう。途中ではクマやイノシシも出るかもしれない。ふつうの人間がこの道を選ぶとは思えない」

海野はうなずいた。

「いや、俺ですらこんな山道を夜、一人で歩くのは怖いですもん」

屈強な海野が身を震わせるのがおかしかった。

むろん、冗談半分なのだ。ＳＩＳ隊員はいざという場面に備えて、必要のないときは緊張を抜いてリラックスするように努めている。

「東海自然歩道や白石沢の登山道で山越えをすることはさらに厳しい。さっきは可能性としていちおう提示したが、マル被が女連れで山越えをすることはまず考えられないよ」

「そうですねぇ」

海野はうなった。

「緊急配備を掛けたのが、八時二五分頃だったが、事件発生から二五分も経っている。愛美さんを略取してそのままクルマで全速力で逃げれば、検問に引っかからないうちに246号線に出られると思う。それをわざわざこんな場所にクルマを乗り捨てたんだ」

「あらかじめ下見していて、山の中に立て籠もる場所を見つけてあると考えるのが妥当ですね」

海野は即答した。

「そうだ。捜査会議でも言ったが、なんの目的かはわからないが、犯人はどこかに立て籠もっている可能性が高い」

「用木沢避難小屋であってくれるといいのですが」

「わからん。ひとつの可能性に過ぎない」

だが、晴虎は期待していた。

西丹沢でほかに自由に使える無人の山小屋は、東海自然歩道を上った稜線近くの犬越路避難小屋と、白石沢を遡った稜線付近の加入道避難小屋河内川を源流方向に遡った一軒屋避難小屋の三つである。夏山シーズン前はいずれも利用者は少ない。だが、いちばん近い犬越路避難小屋でも乗り捨て場所からは一時間四〇分ほど歩く必要がある。

一方、用木沢避難小屋は車道終端から一五分くらいの位置にある上に、宿泊利用者はほとんどいない。とは言え、やはりひとつの可能性には違いなかった。

さらに進むと、先行していたバンガロー捜索班のワゴン車が、いちばん奥の白石沢キャンプ場に駐まっているのが見えた。

やがて、小さな橋で河内川を渡ると、右手に用木沢と白石沢の合流地点が見えた。月の光にふたつの沢がわずかに白く光っている。

「この付近が用木沢出合だ」

晴虎の声に海野が応じた。

すぐに右手に六台ほどが駐められる広さの砂利敷きの駐車場が現れた。

「きっとあそこですよ。クルマの乗り捨て場所は」

運転していた河窪が指さす先には、黄色い規制線テープが風に揺れていた。

登山者用に設けられている砂利敷きの駐車場の端のエリアである。

「マル被のクルマは移動したんだな」

駐車場に車両の影はなかった。

「ええ、松田署に運んだはずです」

河窪が背中で答えた。

「舗装路をまっすぐ進むと白石沢方向だが、すぐ先で車両通行止めとなっている」

ヘッドライトの灯りのなかに車両通行止めのゲートが浮かび上がっていた。

「右の未舗装路が用木沢避難小屋に続く県道76号線の終端部分だ」

「へぇ、こんなのが県道ですか」

仁科が驚きの声を上げた。

「まぁ、登山センターからこっちは林道扱いなんだが……」

「じゃあ最後まで乗り入れてみますか」

ステアリングを握る河窪ははしゃいだ声を出した。

「狭いから方向転換はできないぞ」

冗談半分で晴虎は答えた。

「対向車はないですよね」

「五年くらい待ってたら、対向車とすれ違うかもな」

車内で隊員たちがいっせいに笑った。

「それなら大丈夫ですよ。河窪はこのバスで一キロくらいの山道を平気でバックするじゃないですか」

「ああ、そうだったな」

たしかに河窪の運転技術はピカイチだ。

「だが、右の道に乗り入れるのは無茶だ。この先すぐの場所に用木沢公園橋という橋があって、そこで自動車道路は終わっている。この駐車場にクルマを駐めよう」

晴虎は駐車場を指さした。

「駐車場に指揮車を入れろ」

海野が下命すると、河窪は駐車場に指揮車を乗り入れ、横向きに駐車した。

ふつうに駐めると、道路をふさいでしまうだろう。

隊員たちはヘルメットを装着して次々にバスを降りた。

誰もが銃身の下にライトを組み込んだオートマチック拳銃を携帯している。

ベレッタM92バーテックという速射性にすぐれたタイプで、ふつうの警察官は持っていない。

駐在所員となった晴虎は、ニューナンブM60というリボルバー式の拳銃を支給されている。

晴虎もザックを背負って外へ出た。

「明るいなぁ」

葛山が空を見上げて感嘆の声を漏らした。

宙空で蒼く輝く月はほとんど満月だった。

空にはわずかな雲しかなく、清澄な光がまぶしく放たれている。

「人工照明がないと、星も月もすごく明るく感じる。そんなことに異動して初めて気づいたような気がするよ。田舎暮らしは悪くない」

海野もほかの隊員たちもなんと答えていいのかわからないようだった。

「いや駐車場があってよかったですよ」

後ろに駐めた資材運搬車から降りてきた望月が明るい声を出した。隊員のなかでもいちばん体格のよい巡査長だ。

「この道をまっすぐに行くんだ」

晴虎は道の先を指さした。

「さぁ、行くぞ」

海野が力強く下命した。

「うぃっす」

四人の隊員はいっせいに返事をした。

その場に緊張感が漂った。

登山経験の豊富な仁科が先頭、晴虎が最後尾で六人は東海自然歩道の一部となっている登山道を歩き始めた。

月光はいよいよ冴えて、先頭を歩く仁科のフラッシュライトを使わなくてもよいほど明るい。

望月と河窪はファイバースコープ、モニターに使うノートPCなどを収納した黒い大型ザックを背負っている。

道路脇に草が茂る道を歩くと、すぐに前方から沢の水音が聞こえてきた。

空色に塗られた鉄の橋が現れた。

自動車の通行できる県道76号線はこの沢で終わっている。

「用木沢公園橋だ」

この橋はおもしろいかたちをしている。県道から十数段の階段を上ると踊り場があってやや左に曲がってふたたび十数段を上る。そこから水平に沢を渡るアーチ橋となっている。

隊員たちの元気な足音が谷あいに響いた。

橋を渡ると、林間の登山道となった。

このあたりはアカシデやミズキなどの木の多いところで、木々の葉が夜風にざわざわと鳴っている。

「去年の台風で右手の方面が崩落しているぞ」

「前方一メートルくらいに隠れ岩が露出している。足もとに気をつけろ」

晴虎は次々に声を掛けた。

もっともこのコースは、昼間はかなりの頻度(ひんど)で歩かれている。それほどの危険箇所はなかった。

さらに数百メートル歩いたところで、前方左手に黒い建物の影が見えてきた。

「あれが、用木沢避難小屋だ」

晴虎は小声で言って小屋を指さした。

「ここからは音を立てないように留意しろ」

海野がささやくような声で下命すると、隊員たちはいっせいにうなずいた。

用木沢避難小屋は、幅八メートル、奥行き四メートルほどの平屋建てで、羽目板の壁もきれいな新しい小屋だった。

入口は二枚引き戸式の木戸、梨地ガラスの窓が登山道側に向けて二箇所穿(うが)たれていた。

避難小屋の黒々とした影が三〇メートルほどまで近づいた。

「ＳＩＳ海野から前線本部。現着しました」

海野は前線本部に無線を入れた。

「宇佐美だ。マル害の救出に専念し、慎重に行動せよ」

宇佐美管理官の押し殺したような声が響いた。

「了解」

海野の手振りで隊員たちはいっせいにしゃがんだ。

「灯りは点いていませんね」

ささやき声で海野が言った。

「うん、これは外れかもしれんな」

晴虎は苦い声を出した。

「わかりませんよ。外部に灯りが漏れることを警戒しているだけかもしれません。なにせ、この明るさですから、ちょっとした作業なら月光でできます」

「で、どうする？」

すでに道案内の役割は終えた。

判断を下すのは海野の仕事だ。

「小屋のどこかに換気口か換気用の小窓があるかもしれません。そこからファイバースコープを挿入して内部のようすを探ります」

「小窓がなかったらどうするんだ」

「その場合は危険ですが、あのガラス窓を少しだけ開けてスコープを入れます」

「ガラス窓に内部から鍵が掛かっていたら？」

「ファイバースコープは入れられませんから、集音マイクを壁に当てて内部の音を聴きます」

「その段取りでよさそうだな。もし内部に人がいることが確認できたらどうする」

「拡声器を使って投降を呼びかけます」

「もしマル被が応じなかったら？」

「突入しかないと思います。その場合は前線本部に指揮を仰ぎます」

「突入となったら、どんな手順だ」

「戸が開けばそこから、開かなければ二箇所のガラス窓を割って室内に突入。音響閃光(せんこう)弾を使ってマル被の攻撃能力を奪い、人質を救出の後、マル被を確保します」

「避難小屋だから、通常、戸は施錠できず開くはずだが、犯人が細工をして開かないようにしている可能性もあるな……銃器の使用は？」

「基本的には使いません。マル被が応射してきたら威嚇(いかく)射撃を行い、さらに相手が撃ってきたらこちらも撃つしかないですね」

「まぁ、岡部はふつうのサラリーマンだし、道具を持っているおそれは少ないだろう」

　この場合の道具とは拳銃を指している。

「ええ、ナイフだけだという情報ですから」

「マルBなんかとつきあいがなけりゃ、一般市民が銃を持っていることはまれだ。心配するのは猟銃だけだな」

「合格点もらえましたか」

海野ははにかむように笑った。

「すまんな。テストしているみたいで」

晴虎は頭を掻いた。

「いいんですよ。わたしにとっては初めての突入指揮となるかもしれないんですから」

「もし、室内にマル被がいたとしたら、海野が班長になって初めての人質立てこもり事案か」

「そうです。まだ、二ヶ月ちょっとですから」

海野は少しだけ不安そうな声を出した。

「大丈夫だよ。おまえならやれる」

晴虎は海野の肩をぽんと叩いた。

「よしっ、望月、河窪の両名は、小屋に接近して詳細な状況を観察。ファイバースコープを挿入できる換気口か換気用の窓を探せ。発見したら、ファイバースコープを挿入せよ」

海野は歯切れのよい口調で、ただし小声で下命した。

「了解」

二人は声をそろえて答えた。

「仁科はモニターを準備しろ」

「わかりました」

海野は次々に下命してゆく。

「葛山は俺と二人で入口に向けていざというときの応射の用意。ただし撃ってはいけないぞ。あくまで念のためだ」

「了解です」

葛山はホルダーから拳銃を取り出して答えた。

晴虎は仁科の隣に座ってモニターを見ることにした。それ以外に自分にできることはない。

望月と河窪は一〇メートルの長さを持つファイバースコープをザックから出して、二人でラインを持って建物に近づいていった。

月明かりが二人の姿を煌々と照らしている。

マル被が銃を持っていたとしたら、大変に危険な状況である。

二人は戸と窓の死角になっている右手の壁あたりに身を潜めた。

仁科はモニター用のＰＣを起ち上げた。

いまのファイバースコープはＷｉ－Ｆｉと同じ電波を使ってＰＣに画像を飛ばせる。ここでは無理だが、室内などでは静止画を取り込んでプリンターから出力することも簡単だ。

「ＳＩＳ海野から前線本部。これより避難小屋にアプローチします」

「慎重に行動せよ」

「了解」

前線本部との無線が切れると、小屋に迫った望月からの無線が入った。隊員内で合わせた周波数を使っている。

「換気口、換気用の窓は発見できず」

無線から望月の抑えた声が聞こえた。

「窓は開くか」

「二箇所とも施錠されています」

「仕方ない。集音マイクを窓ガラスに設置せよ」

「了解」

しばし通信は途絶えた。

清流の音が響き、どこかでカジカガエルが鳴いている声が聞こえる。

「室内は無音」

望月の声が聞こえた。

「外したな……すまん」

晴虎はかすれ声を出した。

失望を隠せなかった。

宇佐美管理官の意見に反対して、一人で来ればよかったとほぞをかんだ。

「まだわかりませんよ」

海野は気休めを言って立ち上がった。

「おい、葛山、戸の左右から迫るぞっ」

「了解っ」

海野と葛山の二人は素早く小屋に迫った。

戸の左右に立って室内に向かって拳銃を構えた。

心もち足を開いて両手をまっすぐに伸ばした構えは惚れ惚れするほどだった。

ベレッタM92バーテックのライトが点灯した。

白い光が晴虎の目にもまぶしかった。

望月、河窪の二人が両側から戸を開けた。

海野たちはしばらく室内のようすを窺っている。

小屋のなかから反応はない。

「警察だっ」

海野の声が響いたが、建物内からはやはりなんの反応もなかった。

二人はゆったりとした足取りで小屋のなかに入っていった。

晴虎はあらためて舌打ちする思いだった。

五分ほどして、四人は晴虎と仁科の待つ場所へ帰ってきた。

「残念ながら無人でした」

海野は静かに首を横に振った。

晴虎は声を落とすほかなかった。

「そうか……」

海野は無線を入れた。

「ＳＩＳ海野から前線本部。用木沢避難小屋は無人。繰り返す、用木沢避難小屋は無人」

宇佐美管理官のいらだった声が返ってきた。

「すぐに戻れ」

無線が切れると、晴虎は海野に訊いた。

「了解、ただちに帰還します」

略取犯が出したゴミを回収するはずはない。

「小屋内に岡部たちが立ち寄った形跡はあったか」

「立ち寄ってないように思われました。ゴミ等もなく、きれいな状態でした」

断言はできないが、岡部たちはこの登山道には入ってこなかったのだろう。

ＳＩＳはファイバースコープなどを収納し、ふたたび隊列を組んで帰路に就いた。

まるい月が天空高く輝き続けていた。

第三章　風の谷の現場

【1】

前線本部に帰り着いたのは零時過ぎだった。

バンガロー捜索班はすでに戻ってきていた。

室内にはどこか緊迫した雰囲気が漂っていた。

無線機に入電があり、ＰＣに向かっている捜査員もキーボードをせわしなく叩いている。

「申し訳ありません。空振りでした」

晴虎は宇佐美管理官の前で頭を下げた。

「仕方がない。捜査には無駄が生ずるのがあたりまえだ」

宇佐美管理官は口もとを歪めながらも、晴虎を責めなかった。

「バンガローのほうはどうでしたか」

海野が話題を転じた。

「徹底して捜索したんですけど、人っ子一人見つかりませんでした。それに、どの管理者も不審人物を見ていないそうです」

江馬が横から答えた。

「それより進展があった」

宇佐美管理官の表情は微妙なものだった。

「本当ですか」

海野は身を乗り出した。

「ＳＩＳも戻ったことだし、強行八係の者たちにもまだ全容を知らせていない。捜査会議を開く」

宇佐美管理官の声に、捜査員たちはテーブルのまわりに集まった。

「では、わたしから捜査の進捗状況を説明します。指揮本部の捜査の結果、マル被の岡部と前野康司さんとの間につながりがあることがわかりました」

江馬が声を張った。

ＳＩＳ隊員を中心にどよめきが聞こえた。

晴虎は耳をそばだてた。

「前野康司さんは九ヶ月前に奥さんの千尋さんを殺害されています。その犯人として検挙されたのはマル被、岡部正教の実の姉の岡部美穂です」

何人かの捜査員が顔を見合わせたり、首を傾げている。

恨みのベクトルが逆だ。

妻を殺された前野が岡部を恨むのならばわかるが、岡部が前野を恨む理由がわからない。

誰もが江馬の話に真剣に聞き入っている。

晴虎も江馬の言葉の続きを待った。

「千尋さんと犯人の美穂は、学生時代からの友人でした。で、最初、前野さんは美穂とつきあっていたんですね。ところが、前野さんは美穂と別れて千尋さんと結婚してしまった。心変わりを恨んだ美穂が千尋さんを酔わせた上で感電死させています。九ヶ月前の九月七日に発生した事件です。捜査一課強行八係が検挙しています」

江馬の説明は捜査員としてはやや冗長に聞こえる。が、少しでもわかりやすく説明しようという熱意が伝わってきて晴虎は好感を持った。

「ところが大変残念なことに、強行八係が逮捕した後に、美穂は留置場内で首を吊って自殺しています。被疑者死亡のまま送検されて、事件は終わっています」

室内のあちこちでうなり声が響いた。

この九ヶ月前の事件は覚えていた。被疑者の自殺は同じ捜査一課の刑事としてショックだった。

「美穂の弟である岡部は県警に対して姉は無実だと何度も訴えていました。が、取り上げるべき性格の訴えではなかったようです。むろん、再捜査などはなされていません。指揮本部からの捜査情報は以上です」

江馬は座った。

「岡部は前野さんを千尋殺しの真犯人だと誤解しているのかもしれんな。その逆恨みから、前野さんの恋人である大森愛美さんを略取したと考えれば、筋道は通る」

宇佐美管理官は考え深げに眉(まゆ)を寄せた。

「怨恨(えんこん)の線ということははっきりしましたね」

江馬が言い添えた。

二人とまったく同意見だった。

「恨みを晴らすために、岡部はすでに愛美さんを殺害しているおそれもありますね」

かすれた声で海野がつぶやいた。

「そんなことになれば、最悪の展開だ」

宇佐美管理官は苦々しげに言った。

「発言してよろしいですか」

晴虎は海野の言葉には違和感を覚えていた。

「早く言え」

宇佐美管理官はいらだった声で答えた。

「岡部は前野さんを千尋殺しの真犯人だと考えているのだとすれば、世間に姉である美穂の無実を訴えようとするのではないでしょうか。その前に愛美さんを殺してしまうとは思えません。さらに恨みを晴らすことだけが目的だとすれば、旅行先での略取という手段は遠回りな気がします。たとえば自宅前で待ち構えていてナイフを使えば済む話です」

目の前で恋人の愛美を殺されたら、前野の苦しみや悲しみは果てしなく大きいだろう。そういった手段を取ったほうが恨みを晴らすのには手っ取り早い。

「たしかに一理ある。だが、そうだとすれば、岡部はなんらかのメッセージを世間に対して発するはずだ。ところが、事件発生から四時間を過ぎても沈黙したままではないか」

「そこが理解できない部分なんですが」

晴虎としてもこれ以上、自説を主張する根拠を持たなかった。

いずれにしても九ヶ月前の事件をもっと詳しく知りたいと晴虎は思った。

「新しい情報が入りました」

連絡係の松田署の制服警官が宇佐美管理官に歩み寄ってメモを渡した。

メモを見た宇佐美管理官の表情が曇(くも)った。

「マル被の岡部正教についての情報だ。岡部は姉の事件が起きる前までは、陸上自衛隊員だった。それも習志野(ならしの)駐屯地(ちゅうとんち)を根拠地とする特殊作戦群の隊員だった。最終階級は三等陸曹だ」

室内に緊張感が漂った。

隣に座っている海野がつばを飲み込む音が聞こえた。

宇佐美管理官は捜査員たちを見廻(みまわ)して言葉を継いだ。

「俗に言う特殊部隊だ。軍事機密ゆえに詳しいことはなにも公表されていないが、射撃術や格闘技術など、一般の自衛官とは一線を画した厳しい訓練を積んでいるそうだ。ゲリラ戦などにも対応できるような技術を持つものと思量される」

宇佐美管理官の声は乾いていた。

略取・誘拐(ゆうかい)犯としてこれほど厄介(やっかい)な相手はいないだろう。

「愛美さんを担(かつ)いで山中を逃げ回っても不思議はないですね」

江馬の言葉に多くの者がうなずいた。

特殊部隊員であれば、道なき道に分け入ってゆくことも、渓流(けいりゅう)を徒渉(としょう)することもわけはあるまい。

「人質を一刻も早く救出しなければならない。県警本部では岡部正教を指名手配することに決した。すでに山越えをしてほかの地域に潜伏している可能性も考えねばならんが、それは指揮本部に任せるしかない。あと四時間ちょっとで夜明けとなる。我々は薄明を待って犬越路方面の東海自然歩道と白石沢方面の登山道全域を山狩りする。それまでは仮眠を取ること、各捜査員は準備を怠(おこた)るな。以上だ」

宇佐美管理官の声が朗々と響き、会議は終わった。

これから捜査員たちは、このセンター室内で仮眠を取ることになるのだ。

夜明け前から動き出さなければならないわけだが、それでも三時間くらいは眠ることができる。明日の山狩りでの行動力はぐっと上がるだろう。

夜明けが近づいて来たこともあるだろうが、宇佐美管理官が暗闇(くらやみ)での山狩りを断念したことは幸いだった。

だが、晴虎は宇佐美管理官に告げたいことがあった。

「管理官、山狩りには登山センターの秋山主任やほかの職員に道案内をお願いしたほうがよろしいかと思います」

「そうだな、協力を依頼したいな」

宇佐美管理官はすんなりと晴虎の提案を受け容れた。

「秋山さんを起こしてきます」

「ああ、頼む」

バックヤードのドアの外から、晴虎は声を掛けた。

「秋山さん、すみません」

「いま行きます」

眠っていなかったのか、秋山のはっきりした声が返ってきた。

すぐに山シャツ姿の秋山が出てきた。

「宇佐美管理官が、秋山さんにお願いがあるそうなんです」

「わかりました」

晴虎はテーブルの前の椅子で書類を読んでいる宇佐美管理官のところに秋山を連れて行った。

「秋山主任、お願いがあります」

「はい、なんなりと」

秋山はにこやかに答えた。

「前線本部の全捜査員で、夜明けとともに犬越路方面の東海自然歩道と白石沢方面の登山道全域を山狩りすることに決定しました。ですが、なにぶんにも地理不案内です。主任に道案内をお願いできませんか」

「もちろんですよ。出番が来るのを待っていました。まだ、一二時一五分か……ほかの職員にもメッセージ送ってみますね」

我が意を得たりとばかり、秋山は胸を叩いた。

「緑政部のご協力に感謝します」

宇佐美管理官は丁重に頭を下げた。

「わたしも道案内に加えて下さい」

晴虎の申し出に、宇佐美管理官は平板な表情を向けた。

「いや、武田さんは駐在所に戻ってくれ」

「え……帰るんですか」

さすがに戸惑わざるを得なかった。

「道案内は登山センターの皆さまにお願いしたから大丈夫だ」

宇佐美管理官は取りつく島もない答えを返してきた。

「わかりました」

途中まで関わった事案だった。人質となっている愛美さんを救いたい気持ちはつよかった。刑事として、SISの一員として生きてきた本性がうずいた。

しかし、いまの自分は刑事部の人間ではない。晴虎は素直に受け容れた。

「なにかありましたら、ご連絡ください」

「むろんだ。君の力が必要なときには連絡するよ」

晴虎の力が必要になるときはやって来そうになかった。

「では、これで失礼します」

晴虎は静かにあいさつした。

「ああ、ご苦労さん」

宇佐美管理官はかたちばかりのねぎらいの言葉を掛けた。

「秋山さん、稜線(りょうせん)近くの三つの避難小屋は見ておいたほうがいいですよ」

「必ず廻りますよ……一緒に廻れなくて残念ですけど……」

秋山は戸惑いの表情を見せて答えた。

晴虎は海野たちにかるく会釈を送った。

「俺(おれ)は駐在所に戻っているよ。頑張ってくれ」

ＳＩＳの連中は誰もが気まずそうな表情で見送った。

「お疲れさまでした」

海野が代表してあいさつした。

晴虎は早足で登山センターの建物を出た。

晴虎は山狩りは遠回りだと思っていた。

岡部が特殊部隊員だとしたら、必ずどこか、風雨をしのげる場所に潜伏しているはずだ。

あるいは、犬越路、加入山あるいは一軒屋の避難小屋かもしれない。しかし、もっと人目につかない適当な場所を見つけている可能性はある。野外戦では風雨から身を守れるかが、生命(いのち)の境となるケースも少なくないはずだ。そこいらの岩蔭(いわかげ)で震えているはずはない。捜索にはもっとスポットを絞る必要がある。しかし、用木沢避難小屋で失敗したからには、もはや提案をできる状況ではなかった。

晴虎はジムニーパトに乗り込んでイグニッションを廻した。

河内川の輝きを右に見て、クルマは順調に進んだ。

駐在所に戻った晴虎は制服を脱いで部屋着に着替えると、二階の寝室に上がっていった。眠るつもりはなかった。

ベッドサイドでノートPCを起(た)ち上げて、晴虎は私物のスマホを手に取った。アドレスアプリから江馬輝男の番号を選び出して発信アイコンをタップした。

すぐに電話はつながった。

「はい、江馬です。武田さんですか」

こちらの番号が登録されているようだ。

「今日はいろいろお疲れ」

「駐在所にお帰りになったんですね」

「ああ、すぐ近くだからな……まわりに会話を聞かれたくないんだが」

「わかりました。いま、外へ出ます」

しばらく衣擦れのような雑音が聞こえた。

「なんだか申し訳ないですね。現場から追い出すような感じになっちゃって」

江馬は声をひそめた。

「なにかまわないさ」

「僕としては武田さんの実力を、今回の事件解決に活かし続けてほしかったんですけど」

「ただ、俺は捜査から降りたつもりはないよ」

「本当ですか」

江馬のけげんな声が響いた。

「愛美さんを救いたいという気持ちは変わりない。そのためには、九ヶ月前の事件をもっと詳しく知る必要がある。姉の美穂が自殺したことを恨んでの犯行だとしたら、前野康司と美穂の間になにがあったのかを把握したいんだ。そうでなければ、岡部の本当の動機はつかめないからな。今回の略取・誘拐事件の全貌は、二人の関係を知ることで浮かび上がってくるはずだ」

「異論はありませんけど、それは指揮本部がやってますよ」

「わかってるさ。だけど、俺も自分なりに考えてみたいんだ」

「どうやって考えるんです？」

「そこで、江馬くんに頼みがある」

一瞬沈黙があった。

「なんですか?」

警戒心に満ちた江馬の声だった。

「おまえ、いま強行八係だよな」

「え、ええ、そうですが」

「九ヶ月前の事件も八係が扱ったんだよな」

「はい、この春の異動なんで、僕は第五方面本部にいましたけど」

「どっちにしても、九ヶ月前の事件の捜査データにアクセスできるよな?」

沈黙が続いた。

「できるんだよな」

晴虎は声に力を込めた。

「できますけど……それがなにか」

「一切合切の捜査資料をこっちに送ってくれないか」

「む、無理ですよ。わかってるじゃないですか」

江馬の舌がもつれた。

「へぇ、君は俺にそんなこと言えるのかな?」

晴虎は脅しに出た。

「そりゃ、武田さんには感謝してますよ」

「いまは警部補に昇進して、立派な刑事部主任だけど、あの頃はミスだらけのおっちょこちょいだったよな。強盗事犯の証拠のハンカチなくしたときのこと覚えてるか」

「覚えてますよ……まさか、証拠品収納袋ごと机のあんなところに引っかかっていたなんて」

江馬は弱り声で答えた。

「被害者の供述調書をなくしたって真っ青になっていたときも、俺が見つけてやったよな」

笑いを抑えて晴虎は言った。

「武田さん、なんでそんな小さいことばっかりわざわざ言うんですか。武田さんは僕の生命の恩人ですよ。武田さんがいなけりゃ、僕はあの犯人に撃ち殺されていました」

江馬が口を尖らせるのが見えるような気がした。

本牧埠頭の捕物の際のことだ。江馬が犯人に拳銃を突きつけられて殺されそうになった。晴虎は自分の身の危険を顧みずに犯人を挑発して、江馬の生命を救ったことがある。

「わかっているなら、少しは頼みを聞いてくれたっていいじゃないか。なにも悪用しようってわけじゃないんだ。事件解決のためだろう」

少々意地悪だが、この際、仕方ない。

「バレたら左遷ですよ」

江馬の声が震えた。

「そんときは駐在所に来いよ。たしか、中井町だか大井町だかの駐在所の駐在所員が今年度いっぱいで定年だったぞ」

「じ、冗談じゃないですよ。今回の異動でも捜査一課内ですんだのに」

江馬は舌をもつれさせた。

「駐在所員はいいぞ。捜査本部が立ったときに、武道場のかび臭い布団で寝ることもない、みぞれ交じりの日に寒い北風に背中を煽られて聞き込みに廻ることもない。カンカンの陽差しのもとで汗だくになって犯人との追撃戦を繰り返すこともない。土日は趣味に没頭できる。江馬くんはたしか電車が好きだったよな」

「ええ、まぁ鉄オタっていうたぐいです」

「休みの日にはあっちこっちの電車に乗りに行けるぞ」

江馬は大きくため息をついた。

「わかりましたよ。武田さんには負けました」

「さすがは過去の部下でもいちばん心やさしき男だ」

「気味の悪いお世辞言わないで下さいよ。ちょっと待っててもらえますか」

「おう、一時間以内に頼むな」

「そんなに掛かりませんよ」

「俺のメアドわかるな」

「ええ、知ってます。じゃあ待ってて下さい」

江馬は電話を切った。

二〇分ほど待っていると、ＰＣのメーラーに着信があった。

――捜査の鬼の部下だった自分を呪ってます。江馬。

一行だけのメールに相当量のデータが添付されていた。

――県警一の心やさしき男に早く彼女ができますように。武田。

リプライはなかった。

晴虎は資料をひとつひとつハイスピードで読んでいった。

被疑者である岡部美穂の供述調書、前野康司の供述調書、捜査員による実況見分調書、写真撮影報告書と膨大な写真、被害者である前野千尋の司法解剖記録……。

事件を検察官に送致する際にはこのような膨大な書類が必要となる。

犯人を確保しても、これらの書類を作成して送検しなければ、事件は終わったことにはならないのである。刑事の仕事時間のかなりの部分が書類作成に費やされるのだ。

「なるほど……こんな事件だったのか」

晴虎は書類を読み終えて独りごちた。

捜査記録からわかった九ヶ月前の事件概要は次のようなものだった。

①昨年の九月七日は土曜日だった。横浜市港北区のマンションに住んでいた前野千尋が、被疑者の岡部美穂を夕食に招待した。美穂は隣の都筑区に住んでいて、地下鉄で二駅ほどの距離だった。事件当日の午後六時頃、千尋は訪ねてきた美穂とともに夕食をとった。

②美穂はひそかに夕食時に用意された赤ワインのボトルにベンゾジアゼピン系の睡眠導入剤を混入させ、千尋を昏睡させた。自分は飲んだふりをして飲まなかった。

③その後、美穂は眠った千尋の両足首にヘアアイロンから自作した電極を貼りつけ、午後一〇時頃に電源を入れて千尋を感電死させた。

④自分の殺害行為に怖くなった美穂は、自殺を図ってワインに入れたのと同じ睡眠導入剤を飲んだが、死ななかった。

⑤翌朝、六時頃に友人宅から帰宅した夫の前野康司がリビングで死んでいる千尋と、隣の部屋で眠っている美穂を発見した。かたわらには美穂自身の持ち物であるキャンピングナイフも発見された。前野はいったん屋外へ出て一一〇番通報をし、駆けつけた機動捜査隊員が美穂の身柄を確保し任意同行した。機動捜査隊は事件を捜査一課に廻附。

⑥美穂は身に覚えがないと訴えたが、司法解剖の結果、千尋の胃から大量の睡眠導入剤成分が見つかり、美穂が医師から処方されていたクスリの成分と一致すると判明した。また、ナイフとヘアアイロン等からも美穂の指紋が検出された。美穂はナイフで自殺を図ろうとしたが、怖くなって睡眠導入剤入りのワインを飲んだものと考えられた。捜査一課は

美穂を令状により通常逮捕した。

⑦美穂は勾留決定後、身柄を拘束されていた都筑北警察署の留置場内で、自分の着ていたシャツで首を吊って自殺した。

前野康司の供述調書には、次のような概要の記載が見られた。

「自分は五年以上、岡部美穂とつきあっていましたが、何につけ性格がきつく、興奮すると暴力的になるので、ずっと別れたかったのです。美穂と妻の千尋とは大学時代からの親友でした。千尋はやさしい性格で、どちらかというと美穂が千尋を頼っているような関係でした。一昨年の冬にあるパーティーでたまたま美穂が千尋を連れて来たことからわたしたちは親しくなったのです。やがて将来をともにしたいという願いが強くなり、事件の一年ほど前に美穂とは別れました。それから三ヶ月ほどで千尋と結婚しましたが、美穂は自分に対する恨みを強く抱き続けていました。そのことはメールが残っています」
添付されている美穂から前野に対するメールは数十通もあり、呪詛の言葉に満ちていた。

――許せない。絶対にあなたを許せない。

――あなたが幸せになんてなれるわけがない。

——あなたはわたしから何もかも奪った。千尋との友情も奪った。

——あなたに死ぬほどの苦しみを味わわせたい。

「ですが、美穂は千尋に対しては、いままで通りの親しい態度を見せ続けていました。二人は一緒に買い物したり、映画に行ったりしていたのです。だから、わたしはまさか美穂が千尋を殺害するとは夢にも思っていませんでした。美穂はわたしの留守を狙っては、わたしの家に来て千尋と食事をしていたようです。千尋は料理自慢でもありました。凶行のあった日、わたしは五時半くらいに家を出て、六時くらいから横浜駅近くの映画館で映画を観ました。その後、八時に高校時代の同級生四人と改札口で待ち合わせをしていました。それで八時からは横浜駅より徒歩一〇分くらいの《ブラックバード》というカフェで飲みました。一二時くらいに店を出て西区内の友人の家に泊まりました。翌朝、六時くらいに家に帰ってきて凶行の現場に出会ったのです」

前野が横浜駅近くで八時頃から高校時代の友人たちと飲み、一二時過ぎに西区内の友人の家に移って泊まった事実は、一緒に泊まった同級生たちから複数の証言が得られていた。午後一〇時頃の前野康司には完璧なアリバイがあった。

捜査資料を読む限り、岡部美穂には動機があり、犯人であることは間違いがないようにも思われた。

晴虎がちょっとした違和感を覚えたことは二点あった。

第一に美穂はなぜ千尋を感電死させるなどというまどろっこしい方法を採ったのだろう。ひと思いに刺すとか、首を絞めるとか、鈍器で頭を殴るなどの方法もあっただろう。

第二に殺害後の行動である。殺害後、急に怖くなるというのは珍しくない。自殺行動へ走ることもあり得る。しかし、多くの場合は自分が殺害した死体から逃げ出してから、次の行動に移るものである。死体のすぐ近くでの自殺は珍しい。

もっとも二点とも、違和感に過ぎず、そのような行動をとる人間がいても不思議な話ではなかった。

本件では、岡部美穂が殺害現場で身柄を確保されていることから、ほかの者の犯行を疑う者はいなかっただろう。

晴虎は大学ノートをひろげて、ＰＣのディスプレイに映し出されている捜査資料から、認定された重要な事実を抜き出し、さらに人間関係図や時系列表を作ってみた。

ノートを何度か眺めていた晴虎は叫んだ。

「そうだ、前野康司を真犯人と決めつけることから始めよう」

捜査に予断は禁物である。

だが、実際の捜査はとっくに終わっている。

いまのところ、略取された大森愛美と、美穂の弟である岡部とのつながりは見つかっていない。

とすれば、愛美は単に前野の恋人であるだけの理由で、事件に巻き込まれたものと考えるのが妥当だろう。

罪もない愛美の略取を実行するからには、岡部正教が前野康司を激しく恨み憎んでいることは間違いがなさそうだ。

しかし、岡部は前野が真犯人である裏づけを持っていないだろう。

もし真犯人と指摘できるだけの材料を持っているのであれば、警察にもそれを提出しているはずだ。

つまり、岡部は直感的に真犯人は前野だと考えているのだ。

おそらく岡部は、姉が殺人などできる人物でないと確信しているはずだ。さらに、美穂と千尋の関係がどのようなものであったのかも知っているのかもしれない。

前野の供述調書に現れている美穂のキャラクターや前野との関係は、あくまでも前野の主張に過ぎない。

反論しようにも、美穂は自殺してしまった。

もちろん、美穂の自殺は前野にとっても予想外のことだっただろうが。

あえて前野を真犯人とできるかのシミュレーションを組んでみるのは無駄なことではあるまい。

ベッドに転がった晴虎は、うんうんうなりながら考え続けた。
階下で鳩時計が一時半を告げた。
脳裏にいきなり閃光が走った。
「この手があったか」
晴虎は跳ね起きた。
さらに捜査の盲点にも気づいた。
晴虎は自分の頭のなかで仮説を何度も検証してみた。
だが、まったくの勘違いとはどうしても思えなかった。
晴虎は私物のスマホを手に取った。
迷わず江馬の番号に掛ける。
何度もコールしたが、江馬は一向に出る気配がなかった。
「シカトか……」
晴虎は舌打ちした。
また余計なことを頼まれるのが恐ろしくなったのだろう。
「江馬のヤツ、いい勘だな。刑事はそれくらいじゃなきゃな」
苦笑せざるを得なかった。
ほかに頼りになる人間はいないだろうか……。
晴虎はアドレスアプリを端から見ていった。

「いたぞ！」

好適な人物を見つけ出した晴虎は思わず叫んでいた。

諏訪勝行。かつての強行第五係時代の同僚である。

現在は警部に出世して、捜査一課特命係長をつとめている。

特命係は未解決重要事件の検証及び捜査に関することと、強行犯捜査の特命に関することのふたつが所管事項である。

午前一時半という時間だが、躊躇してはいられなかった。

「はい諏訪」

不機嫌そうな声が耳もとで響いた。

「遅くにすまん。武田だ」

「おい、本当か。こりゃあびっくりだ」

諏訪は派手に驚きの声を上げた。

「すっかりご無沙汰しちゃってるな」

「たしかに液晶におまえの名前が出ていたけど、なんかの間違いかと思ったぞ」

嬉しそうな諏訪の声だった。

歳は諏訪のほうが四つ上だが、強行第五係時代は名コンビだった男だ。

諏訪と話していると、あの頃に戻ってゆくような気がする。

「実は俺のシマでひと騒ぎあってな」

「そうか、いまは丹沢湖駐在だったな。話には聞いているが、思い切った異動希望を出したな」

「希望したら、すぐに通ったよ。だけど、いまはそんな話をしている場合じゃない」

「あれか、若い女が自衛隊の特殊部隊出身の男に略取された事案か」

「早耳だな」

ちょっと驚いた。

「広域緊急配備まで掛かってるんだ。知らなかったら職務怠慢だろ」

「マル被の岡部正教って男は、連れ去られた大森愛美って女の恋人である前野康司って男を恨んでる。前野は九ヶ月前に女房を岡部の姉に殺されてるんだ」

「おい、そいつはあべこべじゃないか。前野が岡部を恨むならわかりやすいが」

「岡部の姉は現場で機捜に身柄確保され、捜一に逮捕されたが、勾留中に自殺した」

「おお、あの事案か。覚えてるよ」

「覚えていたか。それなら話が早いな」

「いろいろと臭い事案だな」

諏訪は低くうなった。

刑事の勘は、晴虎と同じ感覚を抱いているようだ。

「そうなんだ。今回の略取事案と考え合わせてみると、九ヶ月前の事件はまったく違う図式に見えてくる」

「つまり、あれだな。九ヶ月前の真犯人は前野康司って男で、姉を死に追いやられた恨みから岡部正教が恋人の愛美を連れ去ったたってわけだな」

今度は晴虎がうなる番だった。

現場にいた晴虎たちとは状況が違う。

一を聞いて十を知るというのは諏訪のような人間のことだろうか。

「あんまりにも理解が早いんで驚いている」

「俺は名警部だぞ」

「ははは、さすがだな。出世するだけのことはある」

「そういうわけだ。だが、俺もいい加減忙しくて、おまえみたいに楽隠居したくなるときがあるよ」

この遠慮のない言い方に、かえって晴虎は心地よさを感じた。

「楽隠居とはお言葉だな。地域のために生命を張って仕事しているんだ」

わざとらしく不機嫌な声を出してみると、諏訪は快活に笑った。

「こりゃ失礼」

「名警部と違って、ヘボ駐在の俺がない知恵を絞って考えた仮説を聞いてくれるか」

「むろんだ。駐在探偵の名推理を聞かせてくれ」

「九ヶ月前の事件を時系列的に考えてみたんだ。まずは美穂が夕食の招待を受けて千尋を訪ねた事件のスタートが去年の九月七日土曜日の午後六時となっている。だが、俺は違う考えを持っている」

「続きを聞こう」

「実はこの事件はもっと前から始まっていたんじゃないかと思うんだ……」

晴虎は自分の考えた仮説を詳細に諏訪に話した。

「もちろん、これは俺の仮説に過ぎない」

「いい筋読みだと思う。だが、解決済みの事案だ。どうやって覆（くつがえ）す」

「新たな証拠を見つければいい。それを諏訪に頼みたいんだ」

「簡単に言うよな」

「ところで、おまえ、いま家か」

「一時半だぜ。さすがに県警本部（かいしゃ）にはいないよ」

「たしか諏訪は港北区に住んでたよな」

「新横浜の駅の近くだ」

「そりゃあちょうどよかった。ところで、諏訪のたったひとつの欠点はいまも治ってないのか」

「な、なんだよ。欠点って?」

諏訪はちょっと焦った声になった。

「おまえ、下戸（げこ）だよな」

「アルコール不耐症と言ってくれ」

「そんな鬼瓦みたいな顔して、ウィスキーボンボンでもひっくり返るんだからな」

「何が鬼瓦だ。俺は捜一のキムタクって呼ばれてるんだぞ」

岩に刻みつけたような諏訪の顔を思い出して晴虎は吹きだした。

「何をイカれたこと言ってるんだ」

「キムタクとは同い年なんだよ」

信じられなかった。

「そうか、だが俺なんてオダギリジョーと同い年だぞ」

「武田が……嘘だろ？」

「いや、残念ながら事実だ」

二人は大笑いした。

「なぁ、武田。お互いむなしい会話はやめよう。アルコールがどうしたって？」

「いや、クルマを出せるなと思ってね」

「証拠収集か。いったいなにを探せばいいんだ？」

晴虎は必要な証拠についても詳しく説明した。

「そりゃあ運次第だな」

諏訪は気難しげな声を出した。

「もちろんわかっているさ。無駄足だったら大変申し訳ない」

「刑事の仕事なんてのは、無駄九割があたりまえだ」

宇佐美管理官も同じようなことを言っていたが、ベテランの刑事なら誰もが知っていることだ。

「じゃあ、頼まれてくれるか」

「武田の頼みじゃ断れないからな」

まじめな声だった。

「さらに、できれば夜が明ける前に送ってほしいんだ」

「そりゃ無茶だ」

諏訪は悲鳴を上げた。

「嫌な予感がしているんだ。この件はできるだけ早く処理しなきゃ人質の生命が危ない」

「最大限の努力をするよ」

まじめな声で諏訪は答えた。

「関連画像をおまえのメアドに送るぞ」

「おお、送ってくれ」

晴虎は手もとのＰＣを手早く操作して、諏訪にメールを送った。

「ああ、来た来た」

「面倒なことを頼んですまんな。代わりに一杯……というわけにもいかないな」

「今度、《オールデイブッフェ コンパス》のスイーツビュッフェをおごってくれ。横浜ベイシェラトンの二階にある」

「おまえ、いま日本語喋（しゃべ）ってるのか？」

「ははは、武田には縁がなさそうだな。じゃあ、進展があったらまた連絡する」

晴虎は左手にスマホを持ったまま、無意識に右手で手刀を切るような仕草をしていた。

「恩に着るよ」

諏訪は頼りになる男だ。

状況は十分に理解しているはずだ。

きっとどんな無理を通してでも迅速（じんそく）な捜査をしてくれるはずだった。

たしかにこの証拠が見つかるかどうかは運次第だ。

しかし、いまはその運に賭（か）けるほかはなかった。

晴虎はベッドに身を横たえて、今回と九ヶ月前の二つの事件をもう一度復習してみた。

やはりこの仮説は間違っていないように思われた。

時計の針が二時に近づいた頃、私物のスマホが鳴動した。

いくらなんでも、まだ諏訪の捜査で成果が上がるはずはない。

ディスプレイを見ると、海野からだった。

「班長、進展がありました」

海野の声は弾んでいた。

風の音らしき雑音が入るところを見ると、屋外から掛けているようだ。

「なにがあった？」

「岡部が要求を入れてきたんです」

「なんだって！」

晴虎は叫び声を上げた。

「そうなんです。つい先ほど、北川館の固定電話に対して岡部の携帯から電話が入りました。うちの松尾が応対に出たんですが、岡部は前野康司を呼び出せと命じてきました。とりあえず、前野を出させないように誘導して、松尾が岡部の要求を聞きました」

松尾信彦はかつての部下だった三〇前後の巡査部長である。

「どんな要求をしてきたんだ」

「それが……『マスメディアの前で自分の罪を告白しろ』っていう内容なんです」

晴虎は自分ののどが鳴るのを覚えた。

「どんな罪とは指摘してこなかったんだな」

「はい、ただ『自分の罪』とだけ……」

理由はわかるような気がした。

「人質の愛美さんは無事なのか」

いちばん気がかりなことだった。

「安心してください。無事です。本人が電話に出て『自分は無事。ひどいこともされてない』と言っています」

「よかった。本当によかったな」

晴虎は胸のつかえがすっと落ちたような気がした。

誰もが心配しているのは愛美の身の安全だ。

「続きを話してくれ」

「録音聞きますか」

「ああ、頼む」

「ちょっとお待ちください。ツィンクルのDMで送ります」

巨大SNSのツィンクルのDMは、晴虎も仲間内の連絡で使っていた。

電話はいったん切れて、ツィンクルにメッセージの着信があった。

音声ファイルのアイコンをタップすると、松尾の声が聞こえた。

「はい、北川館です」

「警察の人？」

中音で意外とさわやかな声が響いた。

「はい、そうです。松尾といいます。岡部さんですかね？」

「そう、岡部です。乗り捨てたクルマでわかったかな」

「おっしゃる通りです」

訓練を積んだ松尾の声は穏やかだが、岡部の声もきわめて安定している。

興奮しているようにも不安なようにも感じられなかった。

自分が犯罪を犯していて警察と対峙(たいじ)しているときに、こんなに安定した声は出せないものだ。

特殊部隊出身だけのことはある。精神的に強靭であることが伝わってくる。反面、いざとなれば、動揺もなく人質を殺すかもしれない。

「大森愛美さんを預かっています」

「大森さんは元気ですか？」

「元気ですよ」

少しの動揺も感じられない。

「それはよかった。みんな喜びます」

「前野康司はそこにいますか」

一瞬、沈黙があった。伝えるべきかの判断に松尾には時間が必要だったのだ。

「います。大森さんのことを心配しています」

「あいつを電話口に出してくれ」

「お伝えしたいことがあったら、わたしからお話しします」

「前野を出せ」

岡部の声が急に尖った。

「申し訳ありません。いまはお出しできません」

少し間があった。

「では前野に伝えろ。自分の罪を告白しろ、と」

「罪ですか?」

「そうだ。あいつは許せない。マスメディアの前で自分の犯した罪を告白させろ」

「残念ですが、ここにマスメディアはいません」

「たしかに報道はされていないな」

岡部はワンセグなどのテレビを持っているのかもしれない。

「こういう場合、我々は岡部さんを守るためにもマスメディアはシャットアウトしています」

「俺のことはいい。マスメディアを呼べ」

「残念ながら、大森さんのプライバシーにも関わることなのでマスメディアは呼べません」

交渉役は犯人を受け容れ、相手に寄り添う必要がある。

だが、できない要求はきちんと断らなければならない。

「じゃあ、ツィンクルとかのソーシャルメディアで罪を告白しろと前野に伝えろ」

「どんな罪ですか」

「前野がいちばんよく知っている」

岡部はあくまで罪の内容には触れないつもりだ。

「お伝えします」

「今朝の午前四時までに前野が言うことを聞かなければ、人質を殺す」

低く押し殺したような声で岡部は脅した。

「待って下さい。そんなことをすれば、あなたはもっと苦しい立場となります」

「百も承知だ。四時までに前野に罪を告白させろ」

「大森さんを解放して下さい」

「そんなことはできない」

「前野さんにはきちんと伝えます。わたしたちは、あなたのご要望にできるだけお答えしたいと思っています」

「四時までに前野に罪を告白させろ。いまの要求はそれだけだ」

「わかりました。伝えます。その前に、大森さんの無事を確認したいのですが」

「ちょっと待て」

雑音が聞こえた。

「自分は無事。ひどいこともされてない。だけど早く助けてっ」

若い女の悲痛な叫び声が響いた。

「わかったな。彼女は無事だ。だが、前野が言うことを聞かないと、どうなるかわからんぞ」

電話は唐突に切れた。

途中から声の調子は厳しくなったが、恫喝(どうかつ)しているだけであって少しも興奮はしていない。

やはり岡部はふつうの精神力の男ではない。

晴虎はふたたび海野に電話を入れた。

「ありがとう。よく聞き取れたよ」

「岡部はしたたかな男ですね」

「そう思う。ヤツはつよい。おまけに賢いな。愛美さんを電話口に出したのも大正解だ」

前野に罪を告白させるという自分の要求を通すためには、警察側にもお土産（みやげ）をやらなければならない。その意味で愛美の肉声を聞かせて、その身の安全を伝えたことは賢明な策だった。

愛美の安全について疑心暗鬼な状態に比べて、捜査陣は協力的になると踏んでいるのだ。

「前線本部でも、愛美さんの肉声を聞いたときにはみんなが沸き立ちました」

「ただ、油断はできないな」

「ええ、午前四時という期限が来たら、愛美さんに危害を加える怖（おそ）れはつよく残っています。宇佐美管理官もその点をいちばん懸念されています」

宇佐美管理官が口をへの字に曲げている姿が見えるような気がした。

「ところで、要求を聞いた前野はなんと言ってるんだ」

「前野さんは、『なんのことだかまったく意味がわからない』の一点張りです。何を訊（き）いても無駄といった状況です」

晴虎の仮説が真実だとしても、前野がそう簡単に罪を認めるとは思えなかった。

「それで秘密捜査の方針は維持されているんだな」

「もちろん、捜査の方針は変わりません。人質のプライバシーがマスメディアに漏れたらまずいです。それに北川館やこの前線本部周辺なんて大変なことになっちゃいますよ」

海野は弱り声で言った。

「携帯が通じたということは、岡部たちは山中にはいないことがはっきりしたわけだな」

「そうなんです。夜明けから予定されていた山狩りは中止となりました」

多くの捜査員が無駄なエネルギーを使わずに済んでよかったと晴虎は思った。

「で、前線本部や指揮本部は、岡部たちの潜伏先をどう考えているんだ」

「指揮本部では、岡部は愛美を連れて山越えをして、どこかの街に潜伏しているものと判断しました。特殊部隊員だった岡部ですから、たとえば愛美さんをおぶって犬越路方面の東海自然歩道か白石沢方面の登山道を越えることもできると考えたようです。相模原市の津久井か、あるいは山梨県の道志方向に捜査員を派遣して、目撃者情報を収集するとの方針が固まりました。現在、下山予測地点に捜査員が向かっています」

歯切れのよい口調で海野は説明した。

「海野はどう思う？」

「まぁそうでしょうね。バンガローでも集落でも目撃者がいないわけですから、八時過ぎに車を乗り捨てたまま、山越えしたんでしょう。標準登山者の昼間のタイムですけど、用木沢出合から犬越路を越えて津久井地区青根の神之川(かんのがわ)キャンプ場というところまで四時間くらいだそうですから」

「岡部はなんのために山越えなんてしたんだろうな」

「さぁ、わたしには考えつきませんね」

「理由があるはずだろ」

「そもそも岡部って男はいろいろとわからない行動をとるヤツですよ。さっきの電話だってなんでもっと早く掛けてこなかったのか……」

海野は不思議そうな声を出した。

「さらに指揮本部では携帯電話会社に対して、どの基地局から発せられた電波なのかの情報開示を求めると言っています」

「令状（おふだ）が必要だな」

個々の通信に関する位置情報は、通信の秘密として保護される。

携帯電話等の発信基地局もこの位置情報に含まれ開示には裁判官の発給する捜索差押許可状という令状が必要となる。令状は間違いなく発給されるが、ある程度の時間を要する。

「そうなんです。指揮本部から、誰かが疎明資料を持って横浜地裁小田原支部に向かっていると思いますが……基地局がわかれば、潜伏先がかなり絞られますからね」

「早く判明して欲しいな」

「まったくです」

「ほかになにかあるか」

「いえ、いまのところはそれくらいです」

「よく連絡してくれた」

「新しい情報が入ったら、また連絡しますよ」

「頼みがある」

「なんなりと」

「次に岡部から電話が入ったら、俺のところに転送してくれないか。ヤツの要求をリアルタイムで聞きたいんだ」

「できると思います」

ＳＩＳはそれくらいの技術は持っている。

「頼りにしてるぞ」

「おまかせ下さい」

海野は電話を切った。

実は晴虎は興奮していた。

胸の奥でうずうずするものが騒いでいた。

一度は身を引いた世界ではあった。だが、無意識に長年培ってきた刑事の本性はそう簡単に消し去れるものではなかった。

岡部の要求は、晴虎の仮説が正しい方向であることを如実に物語っていた。

では、なぜ岡部は、前野の罪を具体的に指弾しないのか。

簡単な話だ。

それでは「自白」にならないからだ。

前野自身がゼロから告白してこそ意味があるのだ。

もし、岡部が『前野は千尋を殺した』と口にして、仮に前野が認めたとしても意味はない。

恋人の愛美を守るために嘘を吐いたと、後からいくらでも言い訳ができる。

だからこそ、岡部は前野自身の口から、自分がどんな罪を犯したのかを喋らせたいのにちがいない。

しかもマスメディアやソーシャルメディアを使って全国津々浦々に拡散したいのだ。

事件解決の方法はひとつしかない。

晴虎のこころのなかで、解決への道筋が見えてきた。

一方で、晴虎の嫌な予感は当たってしまった。

岡部は四時という期限を切ってきた。

あとわずか二時間ではないか。

晴虎は諏訪に「マル被が四時と期限を切ってきた」とメールした。諏訪からは「俺を殺す気か」と返ってきた。

諏訪の力を信じるほかはない。

岡部たちは、この西丹沢のどこかに潜伏しているとしか、晴虎には考えられなかった。

道路からの距離が三〇〇メートルくらいで、人目につかずに身を隠せる場所はないものか。

晴虎はベッドの上に「中川」の二万五千分の一の国土地理院地図をひろげてみた。

北川温泉から箒沢集落を経て用木沢出合まで何度か目をこらしてみた。

「もしや……」

晴虎の目は地図の一点に注がれた。

いままであまり考えていなかった犬越路林道である。曲がりくねりながらも東海自然歩道の犬越路とほぼ並行して走っている舗装路で、最後は同じ津久井地区の青根集落へ出る。ちょっと進むと頑丈なゲートが設置してあって車両は通れない。岡部たちがこの道を越えて津久井地区へ出たとは考えていなかった。

しかしである。

ゲートから先は狭いヘアピンカーブとなっているが、入口から六〇〇メートルほど進むとコーナーがある。コーナー右手下の谷間に一軒の廃屋（はいおく）といくつかの作業小屋が建っている。

巡回したときの記憶では、林業に従事していた人が住んでいた家の跡だったように思う。

道のりではおよそ六〇〇メートルあるが、曲がりくねった林道であるため、県道76号からの直線距離は三〇〇メートル強に過ぎない。

ここならば、携帯電話の電波も入るかもしれない。

クルマが乗り捨ててあった場所とは一四〇〇メートルほど離れているが、舗装道路ばかりなので、歩くのであればどうということはない。

もし、岡部が入念な下見をしていたとすれば、この廃屋に目を付けたとも考えられる。岡部は用木沢出合でクルマを捨て、東海自然歩道や白石沢登山道などを使って奥の山に入ったように見せかけ、一四〇〇メートルの距離を人質を連れて徒歩で移動し廃屋に入ったのではないか。

その間には三つのキャンプ場があるが、八時過ぎなら誰にも知られずに移動することは難しくない。

「臭いな……」

晴虎はつぶやいた。

確かめてみるしかない。

しかし、前線本部に連絡するつもりはなかった。

用木沢避難小屋の失敗があるから、この廃屋を指摘したとしても宇佐美管理官もまじめには考えないだろう。

わざわざ恥を掻いて無駄なことをする必要はない。

晴虎は一人でこの廃屋に向かうことをこころに決めた。

そのときふっと脳裏によぎった。

なぜ、岡部は午後八時の誘拐から、午前一時過ぎまで要求の電話を入れなかったかということだ。北川温泉からの廃屋への移動に多少時間を要したとしても、四時間半くらいのタイムラグがある。

何度も不思議に思ったが、答えが見えたような気がした。

「岡部はトラップを仕掛けているのではないか」

言葉を口にした瞬間、晴虎は確信した。

特殊部隊員だった岡部は、いずれ自分の居場所が特定され、ＳＩＳのような特殊部隊が突入してくることを見越していたのではないだろうか。

晴虎の仮説に従って考えるとわかりやすい。

岡部は、恋人である愛美の生命をネタに前野を脅迫している。前野の罪をマスメディアやソーシャルメディアで拡散し、姉の冤罪を晴らしたいと考えているからだ。

だが、前野もおいそれとは自分の妻殺しの罪を認めなどはしないだろう。そんなことをすれば、前野の人生が終わる。

岡部には時間が必要だったのだ。

姉の冤罪を晴らして世間に広める目的を達するために岡部は自分の将来を捨てて、この犯罪を計画したのだ。目的を達成するためにはどんな手段でも使うだろう。

前野が自白する前にＳＩＳに踏み込まれたら、万事休すである。

いまのところ出動の話は聞いていないが、警備部に所属する特殊急襲部隊、通称ＳＡＴが出動したら、もっと厄介である。

刑事部のＳＩＳが犯人確保を目的とするのに対し、テロ制圧を目的としたＳＡＴは場合によっては犯人を狙撃することも目的としている。

ＳＩＳやＳＡＴの詳細情報は世間に公開していないが、陸上自衛隊の特殊部隊員であった岡部はある程度の知識を持っているに違いない。

岡部はＳＩＳやＳＡＴに囲まれても、ある程度の時間、持ちこたえられる態勢を整えているのではないか。

前野の自白前に自分が捕まってしまったら、すべては無駄になってしまうからである。

廃屋に一人で乗り込むのは、相当な危険を覚悟しなければならない。

「あと二時間ちょっとか……」

残された時間はわずかになってきた。

晴虎は身が引き締まるのを感じていた。

【2】

ジムニーパトのリアゲートを開けた晴虎は、中型ザックに入れてゆくべき七つ道具を選び出した。トラップ対策のための準備だった。

今度こそは、岡部たちが潜伏していると直感していた。

犬越路林道のゲート付近にジムニーパトを駐めて晴虎は外へ出た。

西の方向を振り返ると、すでに月は大界木山と白石峠を結ぶ稜線上まで傾いていた。

それでもまだ、あたりにはじゅうぶんな明るさがあった。

晴虎は今夜が一四番目の月であることに感謝した。

じゅうぶんに活動できる明るさである。

「そうだ、あれも持っていこう」

ふと思いついて晴虎はリアゲートを開けた。

三メートルまで伸びる伸縮式のアルミ製高枝切りバサミを引き出す。

手もとのハンドルを握ると、アルミ棒の先に取り付けられたハサミが動いて高いところの細枝などを切り落とせる。ハサミの隣にノコギリの刃もついているすぐれものだった。タラの芽などの山菜取りに威力を発揮するが、蜂の巣取り用にホームセンターで購入したものだった。これから秋にかけてはスズメバチやアシナガバチなどの巣を取ってくれというような依頼も地域住民から出るに違いない。

七つ道具の入った中型ザックを背負い、右手に高枝切りバサミを手にして晴虎は歩き出した。

制帽はかぶらずに、頭には登山用のＬＥＤヘッドランプをつけていた。

あまり颯爽としているとは言いがたいが、恰好などを気にしている場合ではなかった。

ヘアピンカーブのコーナーまでの六〇〇メートルほどを歩くことは難しくはなかった。

うねうねした山道だが、晴虎は順調にガードレールの整備された山道を上っていった。

コーナーの少し手前まで辿り着くと、晴虎は谷間を覗き込んで目を凝らした。

煌々と照る月明かりに、広葉樹がむくむくとした黒い影を作っている。

林のなかに、目的の廃屋の錆びた青いトタン屋根が光っている。

およそ二〇メートルほどの高低差がある。

マンションでいえば、六、七階の高さか。

ちょっと右手にガードレールが切れた場所があった。

ここから谷間の廃屋に向けて、人ひとりが通れるくらいの曲がりくねった土の細道が始まっている。

細道は斜面のゆるやかなところを選んでつけられていて、ぐるっと右回りに大きく迂回して廃屋入口へと続いていた。

小屋の手前のあたりは、十数畳くらいの空き地になっている。畑の跡かあるいは作業用に木々を伐採したスペースと思われた。

「トラップを仕掛けるとしたら、あの空き地のあたりだろう」

谷間の廃屋の全容を眺め渡した晴虎はつぶやいた。

廃屋に迫る者はまず間違いなく、この土の細道を辿るはずだ。建物に入るためにはどうしても、空き地を通らなければならない。

廃屋に窓があるとすれば、屋内からも一望できる場所だ。もし、岡部が銃器を持っていたら、近づく者を迎え撃ちするのにも好都合だ。

間抜け面をして細道を通り、空き地を抜ければトラップに引っかかることは間違いない。

晴虎はふたたび廃屋周辺を凝視した。

細道を通らず、空き地に足を踏み入れずに廃屋に近づく方法はたったひとつしかなかった。背後の崖から懸垂下降して、廃屋の裏手に出る方法である。

この方法であれば、トラップ地帯を通らず、岡部の目に触れずに廃屋に迫ることができる。

ザックのなかには数種類のクライミングロープやハーネス、カラビナ、懸垂下降用ビレイ機なども入れてきた。持っていないのはヘルメットだけだった。

ちょうど、廃屋の真上あたりにはモミの大木が二、三本見える。

セルフビレイの支点を取ることができそうだ。

ガードレールからの距離はおよそ二五メートルほどであった。

崖上に行ってみなければ下降可能かどうかはわからないが試さない手はない。

もちろん道などはつけられていないし、二〇メートルの崖下に滑落すれば助かるまい。

しかし、進むべき距離も二五メートルほどに過ぎない。

晴虎はガードレールを乗り越えて、廃屋真上の崖に向かって藪のなかを歩き始めた。

滑落しないように、やや上寄りのルートを選んで、立木につかまりながら前へと進んだ。

まっすぐに歩くことは難しかった。

藪のなかはものすごく歩きにくかった。

まわりの小枝が跳ねて顔に当たって痛い。

足もとに露出した岩に足をすくわれそうになって冷や汗をかいた。

ウサギやタヌキはともあれ、いままでこの崖上に足を踏み入れた人間はいないのだろう。

それでもなんとか二五メートルの距離を進んで、晴虎は廃屋の真上に出ることができた。

テラスと呼ぶほどではないが、作業に向いた少し平たい岩があった。

崖下を覗き込んでゆっくりと観察した。

廃屋は崖を背にして建っているが、崖との空間は五メートルくらいはあった。これなら、屋根などに引っかからずに地面に降りられる。

固い岩盤の崖なので崩落の危険は少なそうである。しかし、かなり切り立っているので、足場にはあまり力が掛けられない。

月の光は明るいが、細かいところはさすがにヘッドランプの助けを借りねばならない。

滑落しないために、まずはセルフビレイと呼ばれる自分で自分の身体(からだ)を確保する作業に入らなければならない。

セルフビレイは最後には外すのだが、これをきちんとやらないと滑落する危険性が高くなる。懸垂下降の準備を行っている際の滑落が死亡事故のナンバーワンなのである。

また、セルフビレイには支点を使うが、最初に見当をつけておいたように一本のモミの大木を使うことにした。

幹の表面を叩いてみて空洞(くうどう)でないことを確かめた。

体重を預けた途端(とたん)に幹が裂けたら、崖下へ真っ逆さまだ。

続けて、短パンを穿く位置につけるハーネスに左右の足から通してセットした。

スリングをブナの幹に巻き付けてセルフビレイコードとし、カラビナとランヤードと呼ばれる短いロープを介して下半身のハーネスにつなぐ。

セルフビレイに続けて支点にロープを通して末端を結ぶ。五〇メートルのメインロープの末端側をどんどん引いて最初は首のまわりに振り分け、続いて支点側を左手に振り分ける。手に振り分けた側のロープを崖下に下ろし、続けて中間部分、最後に末端側を下ろす。

ロープダウンできたら、支点の木の近くのメインロープにフリクションコードを巻く作業に入る。コードをカラビナに通してロープに結び、カラビナはハーネスにセットする。

このロープが下降時に体重を支えるわけだから慎重に作業した。

降りられる高低差は、シングルではメインロープのおよそ二分の一だが、五〇メートルのクライミングロープだから、この崖を降りるのにはじゅうぶんな長さがあった。

次にセルフビレイ用につながっているランヤードとメインロープの双方に、懸垂下降用ビレイ機をセットしロープを通す。ビレイデバイスとも呼ばれるが、下降の際にロープを滑らせる役割を果たす。

最後に下降中に両手を離しても作業できるように、メインロープの末端側に結びを作って流れ止めを作る。

ここまでで懸垂下降の準備は終わったのでセルフビレイを外した。

もうひとつやらなければならないことがあった。

持って来た高枝切りバサミを下ろす作業だ。

ここから落としたら、間違いなく四散してしまう。

晴虎はザックのなかから荷造り用のＰＰロープを取り出して、高枝切りバサミに結びつけ、そろそろと下へ下ろした。

意外と時間を食う作業だったが、屋根にも引っかからずに高枝切りバサミは廃屋の裏庭に降りてくれた。

続けて晴虎はビレイグローブという牛革製の手袋を両手にはめた。

いよいよ下降である。

晴虎はロープをつかんでゆっくりと崖を降り始めた。

降りてみると、ほぼ垂直であることがよくわかる。

晴虎は上半身を起こし腰を曲げて足をほぼ真横に崖につけるＬ字型の姿勢で慎重に崖を下降し始めた。

跳ねるように降りると支点に対して荷重が生ずる。

一定の速度を保ち、足もとが滑らぬように気をつけて、晴虎は後ろ向きに歩くように降りた。

崖下から風が頬(ほお)を吹き抜けてゆく。

股(また)のあたりにも冷(ひ)やっとした風があたる。

つよい風圧にロープが揺れる。

この谷は風の通り道らしい。

ロープが絡まると、ほどくのに時間が掛かる。

幸いにもロープの絡まりなどが発生しないうちに、晴虎は地面に降り立つことができた。

晴虎は肩で大きく息をついた。

目の前に廃屋の窓のない左側面が立ちはだかっている。

晴虎は耳を澄(す)ませた。

廃屋内は静まりかえって物音は聞こえてこない。

吹き渡る風音と遠くの沢の音が響いているだけだった。

晴虎はロープやハーネスなどを外し、その場の地面に置いた。

本来はここでロープの回収をするところなのだが、後まわしである。

建物の角を右へ曲がれば、トラップの仕掛けられているおそれのある空き地に出る。

ロープを取り出したのでかるくなったザックを背に、高枝切りバサミを右手に、晴虎は慎重に建物の角まで進んだ。

月光で空き地とその周辺をゆっくりと観察する。

「大当たりだ」

晴虎は小声でつぶやいた。

月影にいくつかのトラップが浮かび上がってきたのだ。

岡部たちは間違いなくこの廃屋にいる。

踊り出したいような衝動を晴虎は抑えた。

廃屋は杉林に囲まれていて、少し離れたところには竹林があって葉がさやさやと心地よい音で鳴っている。

しかし、この杉や竹が武器となっていた。

空き地には竹を斜めにスパッと切ったものが何本も地中から生え出ている。

つまりは逆茂木（さかもぎ）である。

この逆茂木は両側の林ギリギリまで設（もう）けられている。

逆茂木を避（よ）ければ、侵入者は空き地のまんなかの一メートルほどの通路を通らねばならず、室内から迎え撃ちやすい。

この逆茂木からは何本もの縄が地表から一五センチのあたりに張り巡らされている。不用意に足を踏み入れれば、転倒する仕組みだ。

縄はトラロープなので、廃屋内に放置されていたものなのかもしれない。

もっとも、逆茂木も足がらみの縄も、裏側から入ってきた晴虎を襲うことはない。

目を凝らしてみると、逆茂木通路の出口あたりの空間で月光にキラッと光るものがある。

テグスだ。両側の杉の木からと、建物を利用して三方向にカスミ網が張ってあるのだ。

銃身を前に突き出していれば、引っかかってしまうだろう。

まるでかつて蚊除（かよ）けに使った蚊帳（かや）のような感じだ。

カスミ網は鳥獣保護法で使用禁止猟具とされているが、この廃屋に眠っていたものを張ったのだろう。

だが、もっと恐ろしいのは、建物近くの杉の木に仕掛けられたトラップだった。

空き地両側の杉の木からトラロープが宙をまたいでいる。

ロープにはスーパーのレジ袋がいくつも吊されている。

レジ袋はふくらんで、なかには石が詰められている。

ロープは建物右側の木にはしっかり結んであって、左側の木には三重に巻きつけてあり、その先は建物の窓から屋内に続いている。屋内のどこかに結んであるのだろう。

逆茂木を越えてきた侵入者を視認した時点で屋内でロープを切れば、侵入者の頭上に石が降ってくる仕掛だった。

袋は建物から三〇センチくらいの位置に吊り下がっている。

この仕掛を通らなければ、晴虎も建物には入れなかった。

晴虎は感心した。

ここにあるものを利用して、四時間くらいで岡部はこれほど大量のトラップを作ったのだ。

だが、もっと感心したのは、岡部が日本の警察組織の性格を知っているということだ。

日本の警察組織は慎重な行動を常にこころがける。

これらのトラップは急場拵えで、たいしたものではない。

ＳＩＳ隊員が廃屋に迫ってきても、トラップには引っかからないかもしれない。

だが、罠が仕掛けてあるということだけで、日本の警察官はきわめて慎重な行動をとる。発見できているわけではないが、イノシシやクマ退治用のくくり罠やトラバサミなどが仕掛けてあったら隊員は大怪我をする。

そんな罠が、この廃屋に置いてないとは断言できない。

ちゃちな罠でも、罠が仕掛けてあるだけで、ＳＩＳ隊員たちは恐怖を感じ疑心暗鬼になるはずだ。

岡部が仕掛けた罠のどれかひとつに引っかかっただけでも、ＳＩＳはしばらくは行動停止となるものに違いない。

仮に海野が進みたがっても、宇佐美管理官は許すまい。

その点は外国の軍隊などとは性格が違う。

警察官は軍人ではない。

その心理を特殊部隊出身の岡部は理解していると考えられる。

晴虎はいったん廃屋の裏庭に戻った。

私物のスマホを取り出して、晴虎はディスプレイを見た。

アンテナは二本立っている。

やはりこの場所は圏外ではなかった。

晴虎は海野に電話を掛けた。

「どうしました。武田さん」

すぐに海野は電話に出た。

「見つけたぞ、岡部たちの潜伏先を」

「本当ですか」

海野は驚きの声を上げた。

「犬越路林道を入って六〇〇メートルくらいのヘアピンコーナーの右下に建っている廃屋だ」

「ちょっと地図を見ますね。ああ、二万五千分の一の地図でもオレンジ色の家屋の印が載っています」

「そこだ。ただ、廃屋に入る細道にトラップが仕掛けられている。逆茂木が植えてあって、通路の足もとにトラロープが張り巡らされているんだ」

「では、なにかカッターを持っていきましょう」

「高枝切りバサミのような柄の長いものがよさそうだ」

「あの……武田さん、我々の現着まで待機していて下さいよ」

懸念したような海野の声が聞こえた。

「わかっているさ。いまも建物の裏でおとなしくしている」

晴虎は電話を切った。

「さて、トラップを抜けてゆくか」

晴虎は身を引き締めた。

あの連中を危険な目に遭わせたくはない。

自分が一人で乗り込めばよいのだ。

危険な目に遭うのは俺ひとりでいい。

指揮官であった頃はこうはいかなかった。

晴虎は単独で行動できるいまの自分が持っている自由を活かしたかった。

廃屋の角から身を乗り出してアプローチを考えた。

逆茂木の切れたところに張ってあるカスミ網を高枝切りバサミで切って建物に近づく。続いて石袋を吊り下げてあるロープを切って落とす。

岡部はその音で気づいて建物から出てくるはずだ。

そこで説得に出る。

岡部が銃を持っていたら、晴虎は生命の危機にさらされる。

だが、こちらはたった一人だ。

自分が銃を抜かない限り、いきなり撃ってきたりはしないはずだ。

彼の感情は安定している。

人質である愛美の扱いにも粗雑なところはなさそうだ。

岡部は自分の目的を邪魔されない限り、人を殺しはしないと確信していた。

しかし、いざというときのために、防刃ベストの内側にザックから出した刃渡りの短いスローイングナイフを三本忍ばせておいた。もちろん支給品ではなく私物だ。さっと取り出せる自作の三本差しの布製ケースに収納してある。

腰につけている署活系ＰＳＷのスイッチを切った。余計なことが岡部の耳に入ると困る。

呼び出し音が岡部を興奮させてもいけないので、ＰＳＤと私物スマホの電源も落とした。

そのとき、暗闇から数匹の虫の羽音が近づいて来た。

スズメバチだ。

晴虎は反射的に首を縮めた。

手で追い払ってはいけない。攻撃してくる。

じっとしていると、すぐに闇のなかに消えていった。

大きさからすると、オオスズメバチらしい。

ハチ類の中で最も攻撃的で強い毒を持つ恐ろしい種である。

こんな時刻にスズメバチが飛び交っているというのは奇妙な話だ。

嫌な予感がして、晴虎はザックのなかから簡易防護服を取り出して頭からかぶった。

視界が悪くなったが仕方がない。

晴虎は建物の角からそっと足を踏み出した。

進む方向を遮っているカスミ網を吊っているナイロンロープを高枝切りバサミで二本切った。

カスミ網はふわりと地上に落ちた。

晴虎は建物入口の左手一メートルほどの位置まで進んだ。

屋内では相変わらず物音がしない。

岡部は晴虎の接近に気づいていないようである。

スズメバチが顔の横をかすめた。

建物の入口横の地面に細長いオオスズメバチの巣が落ちているではないか。

これもトラップのひとつだったのだ。

岡部は棹かなにかでオオスズメバチの巣を落としておいて、侵入者を襲わせようとしたのだ。

スズメバチがいちばん攻撃的になるのは繁殖期の秋だが、巣を壊されたら当然襲ってくる。

現に、ぶんぶんと嫌なうなりを聞かせて飛び交っている。

簡易とはいえ、蜂用の防護服を着ているのでとりあえずは安心だった。

続いて石袋である。

石袋も高枝切りバサミで簡単に落とせる。

だが、落としたとたんに、岡部に気づかれてしまう。慎重に行動する必要があった。

頭のなかでこれから取る行動のシミュレーションを繰り返した。

晴虎は行動に出た。

高枝切りバサミを建物左側の杉の木から伸びているロープに当てた。

ゆっくりとハンドルを引く。

ロープは切れ、ガラガラッと音を立てて石袋は地に散らばった。
建物内で男の叫び声が聞こえた。
高枝切りバサミを放り出し、簡易防護服をかなぐり捨てた。
その瞬間、奥の引き戸がガラッと開いて、火の玉がまっすぐに飛んできた。
「うわっ」
かろうじて晴虎は身をかわした。
右の頬の横で風がうなった。
背後でメラメラと炎が燃え上がった。
建物内から小型の火炎瓶が投げつけられたのだ。
晴虎はナイフを手にして室内にだっと踏み込んだ。
ほこりっぽい臭いが鼻を衝いた。
がらんとした空間だった。
住居ではなく大きめの作業小屋のようだ。
屋内には小さなＬＥＤランタンが光を放って意外に明るかった。
だが、すぐに晴虎はナイフを投げ捨てた。
黒い銃口が晴虎の胸を狙っている。
「撃たないで下さい」
晴虎は両手を上げてホールドアップの姿勢を取った。

身長一八〇センチくらいの屈強な男が拳銃を晴虎に向けて立っていた。

オートマチック式の小型拳銃だった。

ショートバングの逆三角形の顔は、特殊部隊員という雰囲気は少しも感じられなかった。育ちも悪そうではなく、明るくやさしい人柄さえ感じる。

バスケットボールかサッカーのプロ選手というイメージだろうか。

奥の壁際の隅には愛美が縛られて座っていた。

たしかに夕方のアルファロメオの助手席にいた美女だった。

愛美は晴虎の顔を見てハッとした顔になった。

「あんた誰だ？」

電話で聞いた岡部の声が響いた。

細い目を見開いて、驚きと混乱の表情を浮かべている。

「丹沢湖駐在所員の武田と言います」

「駐在さん？」

わけがわからないという顔で岡部は念を押した。

「そうです。永歳橋を渡ったところの駐在所から来ました」

「一人か？」

「見ての通り一人です」

「いろいろと仕掛けといたが、よく怪我しなかったな」

「ついていたんでしょう」

「変わった人だ……だが、邪魔者には死んでもらう」

筒先をかるく揺らめかして、岡部は拳銃を構え直した。

殺気は感じなかった。

少なくともいますぐには撃たないだろう。

しかし、岡部は全身からギラギラとした緊張感を四方八方に放っている。

いつ本気になって撃ってくるかはわかったものではなかった。

晴虎の背中に汗が噴き出した。

どこかで優勢に立つしかない。

岡部はゆっくりと歩み寄って二メートルくらいの距離まで近づいた。

「邪魔しに来たのではありません。死にに来たのでもありません」

「じゃあ、何しに来たんだ？」

「あなたのお手伝いに来ました」

「ふざけるなっ」

岡部は怒声を放った。

「ふざけてなんていません」

晴虎は静かに答えた。

「警察が俺の手伝いをするわけないだろっ」

嚙みつくような岡部の声だった。

「あなたは九ヶ月前の事件のために、こんな無茶をしたんでしょう？」

岡部はぎょっとしたように目を見開き、晴虎の顔をまじまじと見つめた。

「おまえ、本当に駐在なのか」

疑わしげな岡部の声が響いた。

「本当よ。夕方、ダムの近くの駐在所で道を教えてもらったおまわりさんだもの」

縛られている愛美が力の抜けた声を出した。

目の下に隈ができて顔色も冴えない。

せっかくの美貌が台なしであった。

「駐在がなんでそんなこと言うんだ」

意識が会話に集中して銃口がいくらか下がっている。

「一人でいろいろと調べました。あなたが苦しんだことも知りました」

「黙れっ、おまえらにわかってたまるかっ」

岡部は眉間に深い縦じわを刻んで声を張り上げた。

いきなり殺気が生じた。

瞬間の勝負だ。

晴虎は防刃ベストの内側からもう一本のナイフを取り出した。

勢いを込めて岡部の手元に向けて打った。

岡部は銃を構え直したが間に合わない。
身をかばって身体をひねった。
晴虎はだっと跳躍して右足で岡部のすねを蹴った。
岡部は左側へ転倒した。
拳銃が床に転がった。
幸いにも晴虎側に滑ってきた。
晴虎は拳銃を右足で右方に蹴った。
拳銃は音を立てながらコンクリートの床を滑っていった。
「この野郎っ」
岡部がコンバットブーツで晴虎の足を蹴ろうと挑みかかってきた。
晴虎は必死でよけた。
岡部は近接格闘術をマスターしているはずだ。
むろん、晴虎も逮捕術は習得している。
だが、体格でも年齢でも晴虎が岡部にかなうはずはない。
「とっ」
岡部は次々に蹴りを入れてくる。
晴虎の脚部を狙い続けている。
引き倒されたらおしまいだ。

押さえ込まれて首を締め上げられるはずだ。

晴虎は身体をかわして避けるのがせいいっぱいだ。

ナイフを使うしかない。

怪我をさせたくはないが、岡部なら避けられるはずだ。

晴虎は最後のナイフを取り出した。

力を込めて岡部の顔面に向けて打った。

ナイフは風を切ってまっすぐに飛んだ。

「うっ」

岡部は身体をひねった。

ナイフは岡部の体側をすり抜けて後ろの柱に突き刺さった。

次の瞬間、晴虎は岡部の股間に蹴りを入れた。

「ぐおーっ」

岡部は叫び声を上げてうずくまった。

押さえ込もうとした刹那、岡部は立ち上がりするりと晴虎の構えから抜け出した。

驚くほどの速さで岡部は壁際まで後退し、愛美のかたわらに立った。

岡部はブルゾンのポケットからリモコンのようなものを取り出して顔の前に突き出した。

「動くなっ」

岡部は大音声に叫んだ。

「少しでも動いたら、建物ごと吹っ飛ぶ」

岡部は足もとに置いた紙袋を指さした。

「まさかそれは……」

晴虎の声は乾いた。

「そうだよ。爆弾を起爆させるリモコンだよ。ただの爆弾じゃない。時限式で午前四時にセットしてある」

「なんだと……」

晴虎の声はかすれた。

愛美は目玉がこぼれ落ちそうなほど目を見開いてぽかんと口を開けた。

爆弾の存在を初めて知ったようである。

「俺は特殊部隊にいたから、肥料なんかを原料にした爆弾作りくらいお茶の子さ。時限装置なんて単純なものは半日もかからずに作れる」

岡部は鼻の先で笑って言葉を継いだ。

「四時になったら、三人ともこの世とおさらばさ。それともいまここでおさらばするか」

岡部はリモコンのスイッチを入れるような仕草をして見せた。

「ま、待てっ」

「なんなら駐在さん、逃げ出してもいいんだぜ」

岡部は含み笑いを漏らした。

ブラフだと思った。

紙袋に入っているのは爆弾などではないかもしれない。

ただの虚仮おどしの可能性は大きい。

しかし、確信はできない。晴虎は動きようがなかった。

「いいか、少しでも動いたらドカンだ」

岡部は左手でリモコンを持ったまま、右手をポケットに突っ込んでキャンピングナイフを取り出した。

「銃刀法に触れないこんなちゃちなナイフでもじゅうぶんに人は殺せる。いや、カッターナイフでもハサミだって人は殺せる。人間の生命なんてあっけないもんさ」

岡部は歌うように言って屈むと、縛られている愛美の首筋にナイフを突きつけた。

「ひっ」

愛美は全身を激しく引きつらせた。

岡部はリモコンをブルゾンの左ポケットにしまった。

爆弾があるのなら、ナイフを使う必要はない。

やはりブラフなのかもしれない。

しかし、リモコンを突きつけられたせいで、晴虎は身動きが取れなくなった。

これもひとつの戦術には違いない。

「五秒だけチャンスをやる。五秒以内に後ろを向いてこの部屋を出て行け」

岡部は右手にナイフを持ち、リモコンのあるポケットに左手を入れたままで言った。

「愛美さんと一緒でなければ、わたしはここから出るつもりはない」

晴虎は岡部の目を見てきっぱりと言い放った。

「へぇ、勇気があるんだな。あんた」

岡部はあきれ声を出した。

「とにかくわたしの話を聞いてくれ」

「話したければ話せばいい」

「感謝する」

晴虎は頭を下げた。

「ただし、あんたが口以外の手足を動かした瞬間に、彼女は死ぬ」

岡部は愛美の首筋をナイフの刃の腹でひたひたと叩いた。

愛美はガクガクと大きく震えている。

「愛美さんに乱暴はしないでくれ」

晴虎は必死で訴えた。

「あんた次第だ。あんた駐在なんかじゃないんだろ。正直に言えよ」

「わたしは本当に丹沢湖駐在所の駐在所員だ。だが、三月までは捜査一課の刑事だった」

「なるほどな。ただの駐在にしちゃいろいろと変だと思ってたんだ」

「最後は特殊捜査係というところにいたんだ」

「そうか、突入のプロか。この建物に無事に入って来られたのが不思議だったんだよ」

岡部は納得したような声を出した。

「いまは駐在所員だ。だが、長年刑事畑にいたから、今回の事件が気になってしょうがなかった」

「なぜ、気になったんだ」

「あなたの動機だよ。なんでこんな事件を起こしたのか不思議だったんだ」

「それで？」

岡部は平板な調子で先を促した。

「独自に調べてみた。そうしたら、九ヶ月前の事件が出てきた」

「そうか……」

「わたしは、むかしの部下に頼んであの事件の捜査資料を無理やり取り寄せた。すると不自然なことが二つあることに気づいた」

「本当か！」

岡部は身を乗り出した。

表情が見る見る変わった。

「第一にあなたのお姉さんは、なぜ千尋さんを感電死させるなどというまどろっこしい方法を採ったのかということだ。ひと思いに刺殺するとか、首を絞めるとか、鈍器で頭を殴るなどの方法もあっただろう。我が国の殺人事件では絞首と刃物での殺人が全体の七割を占めるんだ」

「そうなのか」

岡部は感心したようにうなった。

「第二に殺害後になんでお姉さんは、自分が殺した千尋さんのすぐ近くで服薬自殺などしようと思ったんだろう。無理心中ならともかく、ふつうは自分が殺害した死体から逃げ出してから、次の行動に移るものだ」

「そうだよな。それは俺も不自然だと思っていた」

「わたしはお姉さん以外に真犯人がいるという前提で、あの事件の全貌を振り返ってみた。そうしたら、まったく別の図式が見えてきた」

「その図式ってのはなんなんだ」

「真犯人はお姉さんではない」

岡部は大きくうなずいた。

「そうだよ。そうなんだよ。姉はそんなことをする人間じゃない。たしかに感情の起伏は激しかったが、根はやさしくて愛情深い人間だったんだ」

岡部は声に力を込めた。

姉のことをよほど愛していたのだろう。

「わたしはお姉さんが犯人でないことは、すでに確信している」

きっぱりと晴虎は言い放った。

「じゃ、じゃあ真犯人は誰なんだ」

急き込むように岡部は訊いた。

「まだ、断言できる証拠が見つかっていない」

晴虎は首を横に振った。

「なんだよ、それじゃあ意味ないじゃないか」

岡部はあからさまに落胆の表情を浮かべた。

「だが、もう少しだけ待ってほしい」

「何を待てって言うんだ」

岡部の声は尖った。

「わたしの同僚だった刑事に証拠を探してもらっている。いま現在、その男は横浜市内で証拠探しをしているんだ」

「見つかりそうなのか」

岡部の声に期待がにじみ出た。

「証拠が消されていなかったら、わたしが予測した場所にあるはずだ。証拠さえ入手できれば、再捜査して真犯人を検挙できるし、お姉さんの冤罪は完全に晴らせる」

「見つけてくれよ。そしたら俺の目的は達成できるんだ」

つよい口調で岡部は言った。

「いま証拠探しをしている男は、有能な刑事だ。きっと見つけてきてくれる。だから、短気なことを考えないで、もう少しだけ時間をくれ」

晴虎は手を合わせて岡部を拝んだ。

身体を動かしたわけだが、岡部はとがめなかった。

岡部が自分にこころを開きかけていることを実感していた。

しかし、ちょっとしたきっかけで、ふたたびこころを閉ざしてしまうかもしれない。

「あんたきちんと調べてくれたんだな」

岡部はぽつりと言った。

「刑事としてはどうしても引っかかったんだ」

「俺は姉が捕まってからも、犯人じゃないって信じてた。たしかに姉は前野康司に入れ込んでた。だからって、姉は千尋さんを恨んじゃいなかったんだ。姉は千尋さんが自分から前野を奪ったとは考えていなかった。前野が勝手に心変わりして自分を捨て、こともあろうに親友の千尋さんと結婚したって考えていたんだ。姉は千尋さんとの友情も傷つけられたと怒っていた」

岡部は息を整えて言葉を継いだ。

「だから、姉が恨んでたのは前野だけだ。前野と別れてからも、姉と千尋さんは本当に仲がよかったんだ。千尋さんが結婚した後だって俺と三人でサカナクションのライブ観に行ったり、中華街に飯食いに行ってたから、俺はよく知ってる。姉が千尋さんを殺すわけはないんだ」

岡部は頬を紅くして力説した。

「やはり二人の仲は悪くなかったのか」

晴虎は自分の仮説は間違っていないという思いをあらたにした。

「俺は警察にいまみたいな話も何度もした。姉は犯人じゃないからちゃんと捜査してくれって。だけど、刑事たちはまともに聞いちゃくれなかった。機動捜査隊員が犯行現場を現認しているから間違いないって、俺の訴えをせせら笑ってたんだ」

岡部はつばを飛ばした。

「警察は現認に弱いんだ。現認ってのは警察官が犯行現場を視認したってことだから、間違いないって思い込んでしまうんだ」

「だけど、警察がちゃんと捜査してくれないうちに姉はあんなことになって……」

岡部は声を詰まらせた。

「留置場内でのできごとは、お詫びをするしかないと思っている。そんなことにならないように最大限の注意を払わなきゃいけないんだ」

晴虎は美穂の自殺は絶対にあってはならないことだったと思っている。

「いまさらそんなこと言ったってなんになるんだ。姉はもう帰ってこないんだぞっ。俺は前野が憎い。だが、警察も憎いんだ。姉が死んだのは前野と警察のせいなんだっ」

ふたたび岡部は興奮してきた。

「俺は姉が捕まってからはなんとか救い出そうと必死だった。だけど、あんなことになってからは、飯もロクにのどを通らなくなってしまった。なにもしたくなくなって自衛隊もやめた。この九ヶ月間、俺は姉をあんな目に遭わせた前野への復讐だけを生きる目的にしてきたんだ」

岡部は首を横に振った。

「いや、復讐っていう言葉は正しくない。俺はあいつに正しい報いを与えたいんだ。自分がしたことの償いをさせたいんだ。ひと思いにあいつを殺したいとも思った。そのほうがずっと簡単だったさ。俺が本気を出せば、あいつを夜道で襲って首の骨をへし折るくらいのことは何でもない。だけど、あいつを殺しちまったら、姉の無実を証明できる人間がいなくなってしまう。それじゃ姉は浮かばれないだろ。だから、こんな回りくどい手段を使ったんだ」

岡部の目は血走っていた。

「あなたの気持ちはよくわかる。だけど、愛美さんには何の責任もない」

「気の毒だとは思っている……」

岡部は声を落とした。

「とにかくもう少しだけ待ってくれ。わたしの仲間がきっと証拠を見つけてくる。そしたらすぐ、わたしに電話をくれることになってるんだ。だから、もう少しだけ待ってくれ」

ふたたび晴虎は両手を合わせた。

「あんたは信用できそうだ……」

岡部はぽつりと言ってから、急に表情を硬くした。

「だが、時間は延ばせない。四時だ。四時までに証拠が見つからなければこの建物ごとどかんだ」

岡部は愛美から顔を背けて激しい声を出した。

あと四五分しかない。

「お願い。助けて。わたしも康ちゃんに呼びかけるから」

愛美は声を震わせて頼んだ。

「仕方がない……わたしの仮説を話そう。聞いてくれるか」

爆発までの時間を少しでも延ばさせなければならないのだ。

自分の仮説を岡部に信じてもらいたかった。

「もちろんだ」

岡部は大きくうなずいた。

「これから話すことは証拠が見つからない限り名誉毀損になる。だが、わたしは真実だと確信している」

晴虎は静かに話し始めた。

窓の外では、やまなみを渡る夜風がつよくなってきた。

第四章　刑事魂

【1】

まもなく夜が明ける。

すでに岡部の切った期限まで四〇分だ。

前線本部は異様な緊張感に包まれていた。

「本当にその廃屋にいますかね」

江馬警部補は隣に座る宇佐美管理官に声を掛けた。

「だが、武田はマル被たちを現認しているわけではないんだろう」

「電話連絡では建物内は確認していないようです」

「しかし、武田はなんでこっちへ無線連絡をしないんだ」

宇佐美管理官は苦々しげに言った。

「さぁ、電波状況が悪いいんじゃないんでしょうか」

答えつつも、江馬は嫌な予感に襲われていた。

武田が前線本部に連絡を入れないのは、なにか魂胆があるような気がする。

「用木沢避難小屋のときと同じ結果になるかもしれないが……」

宇佐美管理官の言葉に皮肉な調子はなかった。

彼もまたこの廃屋に一縷の望みを抱いているのだ。

江馬と宇佐美は、並んでPCの液晶モニターに視線を置いていた。

SISが現着して小屋内にファイバースコープを挿入すれば、すべてははっきりする。

「トラップが仕掛けてある可能性を武田さんは指摘しています」

「岡部は特殊部隊員だ。もしあの小屋にいるのなら、あり得ない話ではない」

「SISの連中は対応できますかね」

「してもらわねば困る」

宇佐美管理官は口をへの字に曲げた。

無線が入電した。

「SIS海野より前線本部へ。突入班、現着」

スピーカーから海野の抑えた声が聞こえた。

「現状を報告せよ」

「それが……小屋前でなにかが燃えています」

海野の声に戸惑いが感じられた。

「燃えているだと、どういう意味だ?」

「まだわかりません」

「状況を把握するまで小屋に近づくな」

「了解」

無線が途絶えた。

やはり、武田が言っていたように、岡部はトラップを仕掛けたのだろうか。

「ですが、ビンゴですね。この廃屋です！」

江馬の声は弾んだ。

「たしかにこんな時間に廃屋でなにかが燃えているというのは異常事態だ。岡部の潜伏先と考えて間違いはあるまい」

宇佐美管理官も大きくうなずいた。

「しかし、いったい何が起きているんだ」

宇佐美管理官は貧乏揺すりを始めた。

無線から海野の声が聞こえた。

「建物前に積んである古い資材が炎上している模様。もうすぐ鎮火すると思われます」

「慎重に建物に近づけ。無理はするな」

「了解、建物に接近します。障害物を発見したため、除去作業を行います」

しばらく無線は途絶えたままだった。

「やっぱりトラップがありましたね」

「そのようだな」

海野の声が無線から響いた。

「障害物の除去後、建物至近まで接近。火が燃えている以外の異状はありませんが、ビニール袋や石などが散乱しています」

「なにがあったんだ」

「月が暗くなったので、広範囲の詳細が視認できません。とにかく散らかっています」

「武田はいたのか」

「見当たりません。建物裏かもしれません」

無線は切れた。

「武田さん大丈夫かな」

江馬は不安になってつぶやいた。

「廃屋の羽目板に隙間を発見、ファイバースコープを挿入します」

海野の声に江馬と宇佐美は軌を一にしてモニターを覗き込んでいた。

室内にいた全捜査員がテーブルのまわりに集まってきた。

赤外線カメラを使っているので、緑がかった見えにくい映像だ。

ゴソゴソという雑音も聞こえてくる。

集音マイクも設置されたのだ。

モニターには、コンクリートの床に屈んだ岡部と思しき男の姿が映し出された。

「いたぞっ！」

「岡部だっ」

捜査員たちが口々に叫んだ。

次の瞬間、前線本部の空気が凍りついた。

かたわらには上半身を縄で縛られた愛美が座っていた。

岡部は手にした小型ナイフを愛美の首もとに突きつけている。

ファイバースコープの画角がひろがった。

岡部の視線が向けられている先の空間を見た江馬は思わず叫んだ。

「あっ！」

「なんということだ」

宇佐美管理官は声を失った。

岡部と愛美から三メートルくらい離れた位置に一人の制服警官が立っている。

ファイバースコープの不鮮明な映像からも、武田であることがはっきりわかった。

前線本部内は騒然となった。

「もうまったく無茶するんだから。あの人は」

江馬はあっけにとられて目を瞬いた。

「おいっ、署活系無線で武田に連絡を取れっ」

宇佐美管理官が声を張り上げた。

「だめです。電源を切っています」

松田署員が即答した。

「ＰＳＤはどうなんだ？」

「同じです。切れています」

別の捜査員が答えた。

「やつは携帯を持っていないのか」

いらいらと宇佐美管理官はテーブルをコツコツ拳で叩いた。

「わたしが掛けてみます」

江馬は武田のスマホの番号をタップした。当然と言うべきかつながらなかった。

「私物のスマホもだめです」

「独断で突入するとはどういうつもりだ」

宇佐美管理官は怒気を含んだ声で言葉を継いだ。

「まったく、あんな男を駐在所員にするなんてのは、猛虎を野に放ったようなものだ」

すべての捜査員が息を呑んでモニターを注視しているのがわかる。

「わかっただろう。あの事件の真相が……」

武田は静かな声で岡部に呼びかけた。

「あんたの話は正しいと思う。だけど、証拠が見つからなければ、ただの推理に過ぎないじゃないか。警察が相手にしてくれるわけない」

岡部は無感動な調子で答えた。

興奮状態にないことに江馬は安堵した。

「証拠はきっと見つかる。あとはわたしにまかせてくれ」

誘いかけるように武田は言った。

「嫌になるくらい何度も言ったはずだ。あと三五分だ。四時までに前野が自分の罪を告白しなかったらすべては終わりだ」

だが、岡部は冷たい調子で拒(こば)んだ。

「証拠って、なんですかね？　真相ってのはいったい……」

江馬の言葉に宇佐美管理官は気難しげに答えた。

「武田は何かつかんだのか……ブラフじゃないのか」

「ブラフでしょうか」

しかし、江馬は自分が送った九ヶ月前の捜査資料から、武田がなにかをつかんだと確信していた。

「事件の真相はまもなく明らかになる。どうか愛美さんを解放してくれ」

武田は顔の前で両手を合わせた。

「だめだ」

岡部は一言のもとに突っぱねた。

沈黙が廃屋内を覆(おお)った。

岡部が腕時計を見て、ゆっくりと口を開いた。

「四時だ。四時までしか待てない」

岡部は低い声で脅しつけた。

「お願いっ、康ちゃんに、駐在さんの言うことを伝えて。わたし死にたくないっ」

スピーカーから愛美の悲痛な叫び声が江馬の耳に突き刺さった。

「前野康司にもう一度働きかけてみろ。なにか思い当たることはないか訊いてみるんだ」

宇佐美が江馬に命じた。

「わかりました」

「その際、いまの会話の最後の部分、岡部と愛美の会話を抜き出して前野に転送しろ」

集音マイクで拾った音はとうぜん録音してあり、目の前のＰＣに残っている。

「しかし、それは」

犯人と人質の会話を民間人に聞かせるなど、警察の常識では考えられない。

「あと三五分しかないんだぞ。手段を選んでいる余裕はない。人質の生命が第一だ」

「わかりました」

宇佐美管理官の英断に江馬は感じ入った。

手早く準備を済ませ、江馬は北川館で待機している前野の携帯に電話を掛けた。

「前野さん、県警本部の江馬と申します」

「どうも……」

前野はおどおどしたような声で電話に出た。

「いまうちの捜査員が、岡部正教との接触に成功しました」

「ま、愛美は……愛美は無事なんですか」

舌をもつれさせて前野は訊いた。

「はい、ご無事な姿を映像と音声で確認しました」

「よかった」

前野は息をついた。

「いま、声をお聴かせしますね」

江馬はスマホに転送した録音データをタップした。

――あと三五分だ。四時までに前野が自分の罪を告白しなかったらすべては終わりだ
――お願いっ、康ちゃんに、駐在さんの言うことを伝えてっ。わたし死にたくないっ
前野は黙りこくっている。

「岡部の要求に応えられませんか」

「なにを言われてるのかさっぱりわかりません」

声をうわずらせて、同じ主張を前野は繰り返した。

「本当に？」

「わからないと言っているでしょう」

前野は尖った声で一方的に電話を切った。

「だめです。前野は相変わらず、知らぬ存ぜぬです」

「そうか……だめか」

宇佐美管理官は声を落とした。

「岡部さん、わたしは覚悟を決めました」

モニターのなかの武田は思いきった表情で言った。

「なんの覚悟ができたというんだ？」

岡部は眉をひそめた。

「警察官としての職を捨てる覚悟です」

「意味がわからないぞ」

「わたしの仮説を前野さんに聞いてもらいます。ほかの捜査員にも聞かせることになります。証拠がないのですから、これは名誉毀損だし、警察官にあるまじき行為です」

武田の顔は真剣そのものだった。

「それでもかまわないのか」

目を見開いて岡部は訊いた。

「罪のない愛美さんを解放したいのです。あなたにこれ以上の罪を犯させたくないのです」

武田は静かに、しかし熱っぽく思いを伝えた。

「勝手にしろっ」

岡部は拒否しなかった。

いきなり、武田の視線がこちらに向いた。

「海野、ファイバースコープは入っているか」

武田は扉の方向に向かって呼びかけている。

「な……に……」

宇佐美管理官が絶句した。

「武田さん、なにをするつもりなんだ……」

江馬はモニターを食い入るように見つめた。

「ファイバースコープが入っているなら、組み込んであるLED照明を点灯させて返事をしてほしい」

この武田の要望に海野は簡単には答えられないはずだ。

当然ながら、LED照明は点灯しなかった。

「宇佐美管理官の許可を待つ間に聞いてくれ。前野康司さんとビデオ通話がしたい」

武田はこちらをまっすぐに見て要望を口にした。

「なんだって！」

宇佐美管理官の声が裏返った。

江馬の背中に汗が噴き出した。

「前野康司はあくまで被害者に過ぎないんだぞ。犯人である岡部が聞いているところで、前野を問い詰めるつもりなのか」

宇佐美管理官はうそ寒い声を出した。

下手をすると、宇佐美管理官は責任を負わされて左遷される。

スピーカーから武田の声が続いた。

「俺のスマホのｉ－コネクトのビデオチャットを使いたいんだ。そっちからアクセスしてほしい。おまえなら、俺のアカウントは知っているはずだ。準備ができたら、ＬＥＤを三回点滅させてくれ。そしたら、スマホの電源を入れる。頼んだぞ」

武田は頭を下げて岡部に向き直った。

「岡部さん、前野さんに直接話しかけてみます」

力を込めて武田は言った。

「あと三一分だ」

岡部は制止しなかった。

無線が入電した。

「ＳＩＳ海野より前線本部」

「宇佐美だ」

「いまの武田警部補の要望を聞き届けて下さい」

無線から海野のつよい声が響いた。

「うーん、しかし」

　宇佐美管理官は大きくうなった。

「武田さんなら、なんとかやります。どうか前野とビデオ通話をさせてあげて下さい」

　海野は熱っぽく頼んだ。

「武田がなにを言い出すのかわからんのだぞ。あとで大きな責任問題が生ずるおそれがある」

　宇佐美管理官は眉をピクピクさせた。

　江馬にも宇佐美管理官の憂慮はよくわかった。

　武田はひたすら突っ走っている。

「ですが、岡部は本当に人質を殺しかねません」

　海野の声はこわばっていた。

「無関係な大森愛美を殺しても意味はないだろう」

「いままでの浅い経験から申しあげるのは気が引けるのですが……」

　これは海野の謙遜だ。特殊捜査係の班長は生え抜きの刑事から選ばれる。

「早く言え」

「いまの岡部のようすを見ていると、死を決している覚悟が痛いほど伝わってきます。つまり死兵です」

「ヤツは死ぬ気か」

　宇佐美管理官の声は乾いた。

「目的が実現できなければ、岡部はまわりを巻き添えにして死ぬでしょう」

「そんなことは絶対に避けなければならない」

「最悪の結果です」

「なにをしても防がなければならん」

「岡部は前野の罪の糾弾に生きる意味を賭けています。糾弾ができないと決すれば、岡部の目的は糾弾から復讐にすり替わります」

「すり替わるだと」

「そうです。愛美さんの略取にアジトのトラップ……岡部がこんな面倒なことをしたのは、ひとえに前野の罪を世間に拡散して、姉である美穂の冤罪を晴らしたいからです」

「そんなことはわかっている」

「ですが、糾弾に失敗したとわかった段階で、岡部は前野の愛するものを奪う。つまり愛美さんの生命を奪って復讐しようとするはずです。さらに前野さんの社会的名誉も大きく傷つけることができる。岡部に残された手段はほかにありません」

「突入でなんとかできないか」

「無理です。突入した瞬間、岡部は愛美さんの首を切って、自分も首を掻ききるでしょう」

「そうだな……おまえの言う通りだ」

「逃げようとしたり、応戦しようとしたりするマル被より、死のうとしているマル被を確保することのほうが百倍も難しいです」

「武田ならなんとかできるというのか」

「信じるしかないでしょう」

「しかし、無茶だ」

「あと三〇分しかないんです。四時になったら、岡部は愛美さんを道連れに自死します」

宇佐美管理官はうつむいて額に手をやって考え込んだ。

やがて顔を上げた宇佐美は海野に向かって短く下命した。

「海野、ＬＥＤを点灯しろ」

「了解っ」

海野の明るい声がスピーカーから聞こえた。

「江馬……」

「はっ」

「所要の措置をとれ」

あきらめたような宇佐美管理官の声だった。

役所独特の言い回しで、必要なことをすべてやれという意味である。

「は、はい。わかりました」

江馬自身にまだ戸惑いがあったが、命令は下された。

北川館に待機しているＳＩＳの松尾巡査部長に電話を入れて、江馬はすべての事情を手早く説明した。

松尾も、海野と前線本部の間の無線は聞いているが、ファイバースコープの映像は見ていないし、集音マイク越しの会話も聞いていない。

現状を知った松尾は驚きつつも、武田の要求に答える準備をした。

武田のｉ－コネクトのアカウントは江馬も知っていたので、海野に確認するまでもなかった。

「システムの準備はできました。前野さんにはなんと要請しますか」

松尾が途方に暮れたような声で訊いてきた。

「現場にいる武田警部補が話したいことがあるから、ビデオチャットに出てくれとだけ伝えろ」

「わかりました……それでいいんですよね？」

やはり松尾も不安なのだろう。

「それでいい。あとは武田さんに任せるしかない」

「武田班長なら大丈夫ですよね」

「大丈夫だ」

「しばらくお待ちください」

ややあって松尾から着信があった。

「説得に骨が折れましたよ。嫌だ嫌だとまるで、駄々っ子です。ですが、あと二七分で愛美さんの生命がないとなだめすかしたら、渋々ＯＫしてくれました」

「ご苦労。あと二五分だな」

「そうですね、とにかくスタンバイ完了です」

江馬は電話を切った。

「管理官、北川館の準備ができたようです」

宇佐美管理官は黙ってうなずくと無線に向かった。

「前線本部より現場海野へ」

「ＳＩＳ海野です」

「ＬＥＤを点滅させせろ」

「了解です！」

海野の声は弾んでいた。

江馬はモニターに見入った。

緑色の画面が白くぼわっと三回輝いた。

「よし、海野、ｉ－コネクトにログインするぞ。しばらく待ってくれ」

画面のなかの武田がポケットからスマホを取り出した。

「三画面をモニターに表示します」

江馬の背後の捜査員が声を掛けてきた。

前線本部の19インチのモニターが三分割になり、ファイバースコープの画像は下半分に映った。上半分の左にスマホカメラの武田が、右には真っ青な顔の前野が映し出された。上半分の映像はそれぞれスマホのカメラのものなので、正常なカラーでずっと鮮明だ。

「前野さん、武田です」

武田の声がスピーカーから聞こえた。こちらもスマホのマイクが拾っているので、鮮明な音声だ。

「あ、駐在さん……」

前野は口をぽかんと開けた。

なぜ、駐在所員に過ぎない武田が、こんな重要な場面に登場するのか理解できないのだろう。

前野に付き添っているのは、精鋭ＳＩＳ隊員たちだ。

「いま、わたしは大森愛美さんと一緒にいます。愛美さんは無事です」

武田はゆったりとした口調で言った。

「救出されたのですか」

前のめりになって前野は尋ねた。

「残念ながら、現在、解放の交渉中です」

当然ながら武田は、ナイフを突きつけられている愛美の姿は映さない。

「そうでしたか……」

あからさまに落胆の表情を前野は浮かべた。

「わたしはあなたにお尋ねしたいことがあります」

「なんでしょうか」

前野はちょっと身を引いた。

「九ヶ月前の事件のことです」

「それは警察がいちばんよく知っているでしょう。愛美を連れ去った岡部正教の姉の美穂が、妻の千尋を感電死させたんじゃないんですか」

前野は口を尖らせた。

「実は現在、再捜査中なのです」

この言葉を聞いた宇佐美管理官がのけぞった。

「おい、江馬、本当なのか」

「いや、武田さんの単独捜査ですよ」

「まったく、あの男は」

宇佐美管理官は大きく舌打ちをした。

「再捜査って……どういう意味ですか」

「つまり、岡部美穂さん以外の人物が奥さんの千尋さんを殺害した可能性が浮上しているんです」

「まさか……だって機動捜査隊の人が現場で身柄を押さえたんですよ」

「そう、美穂さんは誤認されて身柄を確保されました」

「誤認ですって！」

前野は素っ頓狂な声を上げた。

「ええ、誤認逮捕であったおそれが強くなりました」

「馬鹿な。動機だってはっきりしているじゃないですか」

苦々しげに前野は言った。

「岡部美穂さんがあなたを奪われた恨みから奥さまを殺害したというのが、捜査段階で考えられていた動機でした」

「そうですよ。美穂は恐ろしい女です。別れたあとにもひどい内容のメールを何通も僕に送ってきてたんですよ。ちゃんと警察には提出しましたがね」

「美穂さんがあなたを恨んでいたのは事実でしょう。しかし、奥さんの千尋さんのことは恨んではいなかった。あなたとの結婚後も、奥さんと美穂さんはライブに行ったり、食事に行ったりしていたのですよね」

「どうせ、犯人の正教から聞いたんでしょ。事件の時もそんなこと言ってましたから。でもね、駐在さん、あいつは愛美を連れ去った犯罪者ですよ。そんな男の言葉を真に受けるんですか」

前野は鼻の先にしわを寄せて笑った。

「ですが、事件の晩だって、奥さまは美穂さんを夕食に招待していますよね」

武田は畳みかけるように訊いた。

「あの女は……美穂は妻に対する恨みを隠し続けていたんですよ。学生時代からの親友だったから、裏切られた思いがつよかったんだと思います。妻は二人の関係が壊れていないと信じ切っていた。だから、あんな目に遭(あ)ったんだ。本当に妻はかわいそうです」

前野は瞳(ひとみ)を潤ませた。

「そう。奥さまはお気の毒だと思います」

「百歩譲って、美穂じゃないとしたら、いったい誰(だれ)が犯人だと言うんです」

気色ばむ前野に武田はしばし沈黙した。

やがて武田は画面に向かって右手の人差し指を突き出してゆっくりと口を開いた。

「あなたです」

一瞬の間をおいて前野は目を剝(む)いて怒鳴った。

「あんた、なにを言ってるんだっ」

前線本部に前野の怒鳴り声が響いた。

宇佐美管理官の貧乏揺すりがひどくなった。

「前野さん、あなたが奥さんを殺したんです」

画面から武田の恐ろしい眼力が放たれている。

江馬は思わず後ずさりした。

これこそ刑事の目だ。

「失礼なことを言うなっ」

前野は目を吊り上げて叫んだ。

しばらく前野は怒りに身を震わせていた。

沈黙の後、気を取り直したように前野は口を開いた。

「僕にはアリバイがあるんだ」

「そうでしたね」

「美穂は千尋を睡眠薬で眠らせてから、両足首に電極を貼りつけて午後一〇時頃に電源を入れて千尋を感電死させたんだ。妻が殺された午後一〇時頃、僕はその晩は午後八時頃から横浜駅近くのカフェで高校時代の友人と飲んでいたんだぞ。《ブラックバード》って店だ」

「ええ、捜査記録を見て知っています」

「午前零時頃、友人たちとその店を出て、カフェの近くにある一人の友だちの家にみんなで泊まった。その連中と朝まで飲んでたんだ。同級生たちのたくさんの証言があるはずだ。どうやって、港北の自宅にいる千尋を午後一〇時に殺せるって言うんだ。完璧なアリバイがあるじゃないか」

「そう、もし奥さんを殺したのが午後一〇時頃ならね」

武田はちょっと片眉を上げた。

「司法解剖したんだぞ。死亡推定時刻は午後一〇時頃で間違いないはずだ。捜査資料とやらを見たならそんなことはわかっているだろう」

「死亡推定時刻が午後一〇時であることは間違いないでしょう。ただ、殺害行為を行ったのは、もっとずっと前の時間のことです」

「あんたなに言ってるんだ？」

前野は眉間に深い縦じわを刻んだ。

「単純なトリックですよ。ミステリ小説にもならないくらいつまらないトリックです。時系列でお話ししましょう」

武田の声はどこまでも穏やかだった。

「勝手にしろ」

ふてくされて前野は答えた。

「あの晩、奥さんが岡部美穂さんを夕食に招待することをあなたは事前に知っていましたよね」

「ああ、知っていたよ。それが？」

前野はあごを突き出した。

「夕食会のことを知ったあなたは、夕食に供されるワインに注射器かなにかを使って、前もって強力な睡眠薬を入れたんです。朝まで絶対起きないような量のね。二人が眠り込んだことを電話で確認したあなたは七時頃にでも自宅に戻ったのでしょう。そこで、あなたは奥さんの両足首に電極を貼り付けてタイマーをセットした。その後、横浜駅へ出て友人たちと飲んでアリバイを作った。午後一〇時頃タイマーが作動して奥さんは死亡した」

「ふざけたことを言うなっ」

ふたたび、前野は怒鳴り声を上げた。

「予定通り、朝六時頃に帰宅したあなたはタイマーの仕掛を撤去して『妻が殺されている』と一一〇番通報をしたんです。睡眠薬で意識がもうろうとしていた美穂さんは殺人犯に仕立てられてしまった」

「あはははははは」

前野は奇妙な表情で笑い始めた。

「ははは……こいつは傑作だ。あんた作家になれるよ。だけどね、妻の身体(からだ)から検出された睡眠薬は市販薬じゃない。美穂がかかりつけの医師から処方されていたものだ。それに、犯行に使ったコード類も美穂のヘアアイロンをバラしたもので、指紋も出たんだぞ。明確な証拠だっ」

最後の言葉に前野はつよい力を込めた。

「簡単な話ですよ。あなたは千尋さんとの結婚前は美穂さんと交際していたんですから、彼女の部屋の鍵のコピーを作るくらい造作もないでしょう。恋人と別れたあとに錠を取り替える人も多いみたいですが、美穂さんはあなたに心が残っていたんで錠交換をしなかったんじゃないんですかね」

スピーカーから流れる武田の言葉に、江馬は雲が晴れるような感覚を感じとっていた。

「僕を侮辱するつもりか」

前野の身体はガクガクと大きく震えていた。

その震えは、怒りより恐怖のほうが大きいと江馬は感じていた。

「いいえ、侮辱するつもりなんて毛頭ありません。ただ、真実が明らかになるべきだと思っているだけです」

「証拠を、証拠を見せろ」

前野は厳しい顔つきで請うた。

「証拠ですか」

「このチャットはたくさんの警察官が見ているんだろ。証拠もなしにそんなことを言ってると名誉毀損で訴えるぞ」

低い声で前野は脅しつけた。

「証拠がないのか……」

宇佐美管理官は眉をハの字に寄せた。

「では、いまわたしが話したことには身に覚えがないと」

「あるわけがないだろう。世迷い言もいい加減にしろっ」

前野はがなり立てた。

「そうですか……ちょっと待って下さい」

一瞬、武田の映像と音声が途絶えた。ミュート機能を使ったようだ。

左上の画面に大森愛美の顔が映し出された。

顔色が悪いが、怪我(けが)などはしていないようすだ。

江馬はほっと息をついた。

「ねぇ、康ちゃん。武田さんが言っている話は本当なの?」

愛美は画面をまっすぐに見つめて訊いた。

「本当なはずがないだろう。バカなおまわりだ」

前野は顔の前で大きく手を振った。

「ぜんぜん、身に覚えがないのね」

詰め寄るような愛美の口調だった。

「ないさ。僕がそんな人間だと思うのかい」

「……わからない。なにもわからなくなっちゃった」

愛美は髪を振り乱し首を何度も横に振った。

「いまは興奮しているだけだよ」

いなすように前野は言った。

「あなたが本当のことを言ってくれないと……あと……七分でわたしたち、ば、爆死するのよ」

「ええっ」

愛美は目を大きく見開いて身を震わせた。

前野はのけぞった。

「なんだと！」

「まさか」

「まずいぞ」

前線本部内は騒然となった。

「くそっ」

宇佐美管理官は頭を抱えてテーブルに顔をうずめた。

「そうなの、時限爆弾が七分で爆発するの。止められるのはあなただけなのよ」

眉根を寄せて愛美は苦しげに言った。

「う、嘘(うそ)だろ」

前野の声も震えている。

「だからお願い。本当のことを言っててっ」

愛美は声をきわめて叫んだ。

「すまん……僕は身に覚えのないことは話せない。運が悪かったと思ってあきらめてくれ」

前野はばつが悪そうに答えた。

「なんて男！」

「仕方がないだろ。悪いのは僕じゃなくて、そこにいる岡部じゃないか」

「あんたなんて最低よっ」

愛美の怒鳴り声が響き渡った。

いきなり画面が切れた。

興奮した愛美が武田のスマホにぶつかったのだろうか。

「爆処理……間に合わないか」

宇佐美管理官はのどの奥でうなった。

「どうすればいいんですか」

江馬はつま先立ちで、その場でくるくる回りたい気持ちだった。

「ちょっと海野に連絡してみる」

「お願いします」

江馬は手を合わせた。

「前線本部よりＳＩＳ海野」

宇佐美管理官は無線に向かって話しかけた。

「ＳＩＳ海野です」

「見ていたか。ビデオチャット」

「音声だけは傍受していました」

「あと七分で時限爆弾が爆発する。いや、あと六分だ。突入して人質を救出できないか」

「突入したとたん、岡部が起爆装置のスイッチを入れたら、万事休すです」

「そうか……」

宇佐美管理官は言葉を失った。

「ここは武田さんの説得に期待するしかありません」

「わかった」

現場との無線通話は終了した。

「頼むぞ、武田……」

宇佐美管理官は顔の前で手を組んだ。

【2】

「前野はどうしても罪を認めませんね」

晴虎は肩で大きく息をついた。

「ああ……ろくでなしは、やっぱりろくでなしだ」

岡部は鼻から大きく息を吐いた。

「最低よ、あの男はわたしの生命なんてどうだっていいって思ってるんだ」

愛美は鼻から息をふんと吐くと、パンプスの足で床をぐりぐりとにじった。

ビデオチャットが終了しても、岡部は愛美にナイフを突きつけなかった。

だが、代わりとばかりにリモコンをポケットから出してちらつかせている。

ただ単に、愛美にナイフを突きつけている姿勢に疲れただけなのかもしれない。

「なぁ、岡部さん、愛美さんを人質に取り続けても意味はない。彼女だけでも解放してくれないか」

晴虎はあえて親しげに頼んだ。

だが岡部は、無言で顔を横にそむけた。

そのとき晴虎のスマホが鳴動した。

前線本部からかと思ったが、ディスプレイには諏訪勝行の名前が表示されている。

晴虎の鼓動は速まった。

待ちに待っていた諏訪からの電話だった。

ゆっくりと晴虎は電話に出た。

「武田、おまえは運に恵まれてるぞ」

諏訪の声は弾んでいた。

「見つかったか！」

晴虎は大きな声で叫んだ。

岡部と愛美がいっせいに晴虎を注視した。

「ああ、幸運がいくつも重なった。まず、あのマンションは管理人が住み込みで二四時間常駐していた。次にこんな時間なのに、俺がチャイムを押し続けたら出てきてくれた。三番目に令状もないのに、防犯カメラの記録映像を任意で提出してくれた。四番目にふつうは消えているのに、一年間の保存期間だった。五番目におまえの言う通り前野康司と思われる人物が犯行日の六時頃に映っていた」

「本当なんだな」

あえて声は抑えたが、晴虎は躍り上がりたい気分だった。

「ああ、何度か確認した。前野康司は間違いなく真犯人だ」

「ありがたい。これで岡部を説得できる」

「とくに四番目は大事だぞ」

「五番目だろ?」

「四番目あってこその五番目だ。防犯カメラの映像の保存期間なんてのは、コンビニは一ヶ月、ATMは三ヶ月、金融機関でやっと一年くらいだ。一般家庭用はたいていは一週間だそうだ」

「そうか……」

「ところが、あのマンションのオーナーは用心深い人らしくて一年保存のシステムを導入していた。おまえ、本当に運がいいぞ。宝くじ買っとけ」

たしかに幸運が重なった。

「考えとくけど売り場も遠いからな。とにかくその動画を転送してくれ」

鼓動を速めつつ、晴虎は急かした。

「俺が動画編集できてよかったな。HDDから吸い出して、必要な箇所だけ摘まんどいたよ」

「悪いな、いま忙しい」

「四時に間に合えばいいんだろ?」

諏訪は不審そうに聞いた。

「現場なんだ……」

「現場というと?」

「略取事件の人質立てこもり場所にマル被とマル害と一緒にいる。あと五分で時限爆弾がどかんだ」

「馬鹿野郎っ、早くそれを言えっ」

諏訪は怒鳴った。耳が痛い。

「大至急でデータを頼む」

「い、いま転送する」

諏訪は舌をもつれさせた。

晴虎のメアドに着信があった。

「来た来た」

「キャプチャ画像から確認してくれ」

「了解だ」

動画ファイルと一緒に、諏訪がキャプチャした静止画も送られてきた。

ブルゾン姿の男がマンションのドアを開けている画像と、部屋から出てくる画像だった。

それぞれもとの動画のタイムコードが画面の下部に記録されている。

まさに犯行当日の六時前後だ。

ピンチアウトして静止画を拡大すると、スマホの6インチの画面でもはっきりと前野康司と確認できた。

「諏訪、感謝するぞ」

「ああ、頑張れよ」

電話は諏訪のほうから切れた。

「岡部さん、完璧な証拠ですよ」

晴虎は岡部に向き直って、明るい声でスマホを差し出した。

「本当ですか」

岡部の声は裏返った。

「ええ、前野の姿がしっかり記録されています。こいつがあれば前野を検挙に追い込めます」

晴虎は自信たっぷりに言い放った。

「この画像があれば、前野を逮捕できるんですね」

岡部はスマホを覗き込みながら、期待に満ちた声を出した。

「ええ、状況証拠としてはじゅうぶんです。そもそも彼は六時頃には横浜駅周辺にいたと嘘を吐いているわけですから、再捜査は必至だと思います」

晴虎は明るい声を出した。

もし、前野が犯行を否認し続けたら、この映像だけで起訴に持ち込むのは難しいかもしれない。だが、たった九ヶ月前の事件のことだ。再捜査すれば目撃証言も得られるかもしれない。動機も浮かび上がってくるはずだ。

「武田さんの言葉なら信用できます」

岡部はスマホを返すと晴虎の眼（め）をしっかり見つめた。

「素人の犯行ですから、再捜査すればいろいろとボロが出ますよ。きっと前野は千尋さん殺しで有罪になるでしょう」

「ありがとう」

岡部は両手で晴虎の左右の手をしっかりと握った。

両の瞳が潤んでいる。

「その……時限爆弾のスイッチを……」

晴虎は急き込むように言った。

残り時間は三分だった。

「わかりました」

岡部はリモコンを紙袋に向けてスイッチを押した。

「ブラフじゃなかったんですか」

晴虎はまだ疑っていた。

「冗談じゃない。ブラフでこんな脅しはしませんよ。僕はそんな人が悪くないです」

岡部は口を尖らせた。

「本物だったんですね……」

あらためて晴虎の背中に鳥肌が立った。

「はい、この建物くらいは吹っ飛ぶと思いますよ。ただし、本当は四時一〇分にセットしてありました」

「そうだったんですか」

晴虎もさすがに身体の力が抜けた。

「でも、いま永久に停止しました。もう爆発することはありません」

岡部はリモコンをポケットにしまった。

「よかったぁ」

愛美がへなへなとうなだれた。

「岡部さん、この拳銃(けんじゅう)は預かりますよ」

晴虎は三メートルほどの位置に転がっていた拳銃を拾い上げた。

ロシア製のマカロフだった。

晴虎は安全装置を掛けてから拳銃をザックに入れた。

「もうそんなものにも用はありません」

岡部は力なく笑った。

「いまちょうど四時ですよ」

ここにいる三人が無事に四時を迎えられたことに晴虎は感慨を禁じ得なかった。

「でも、最後にひとつだけお願いがあります」

岡部が晴虎の目を見つめて言った。

「なんでしょうか」

「前野に証拠をビデオチャットで突きつけてやりたいんです」

岡部は語気をつよめた。

「申し訳ないが、岡部さんと前野の通話はできません」

略取犯の脅迫に加担したことになって、それこそ大きな問題となってしまう。

「そこまでは望んでいません。さっきの続きを最後までやって下さい」

穏やかな声で岡部は頼んだ。

「ごめん、わたしが駐在さんにぶつかっちゃったから」

愛美が気まずそうな声で言った。

「そうですね。さっきは途中で終わってましたからね」

まぁ、あそこまでやってしまったのだから、最後まで続けても同じことだ。

どうせ処分は覚悟の上だ。

「だけど、ほんとに腹立ったのよ。まさか、こんな男だなんて」

愛美は顔を大きくしかめた。

「お願いできませんか」

「わたしも続きを見たい」

二人は口々に頼んだ。

「わかりました」

晴虎は江馬の番号をタップした。

「はい、江馬です」

江馬が緊張した声で電話に出た。

「ファイバースコープで、こっちの状況はわかっているな」

「それが……集音マイクの調子が悪くなっちゃってそっちの会話が良く聞こえなかったんですよ。だけど、映像見ている限りは無事ですね。時限爆弾は停止したんですか」

「停止した」

「じゃあ、ＳＩＳを突入させるように進言します」

「待てっ」

晴虎はつよい声で制止した。

ここで突入などされたら台なしだ。

「え……どうしてですか」

江馬は混乱しているようだった。

「まだすべてが終わったわけじゃない」

「そう言えば、武田さん、岡部になにか画像を見せてましたね」

「その画像を前野にも見せたい。それが岡部さんが投降する条件だ。わたしはＯＫした」

「なるほど……」

納得しているとは言いがたい声だった。

「さっきのビデオチャットの続きをやりたい」

「しかし……」

江馬はためらいの声を上げた。

「いいから回線を復活させて前野を出せ」

「はぁ……」

「言うことを聞かないと、マズいことになるぞ」

晴虎は江馬を脅しつけた。

「わかりました。宇佐美管理官に許可を頂いたら、回線を復活させます」

「ログインして待ってるぞ」

しばらく待つと、前野の顔がスマホに映し出された。

「前野さん、さっきは切れてしまってどうもすみませんでした」

とりわけて静かな声で晴虎は語りかけた。

「みんな無事なんですか」

前野は不機嫌な声で訊いてきた。

第一声がこれだ。

晴虎にはいい感情を持っているはずもないが、それでも信じられなかった。

すでに四時一〇分だ。愛美の生命の危機は感じていなかったのか。

隣で愛美が鼻から大きく息を吐いた。

「証拠が用意できました」

前野の目をしっかりと見据えて晴虎は言った。

「証拠……いったいどんな証拠が出てきたって言うんです？」

小馬鹿にしたように前野は訊いた。

「あなたが映っている防犯カメラの映像です」

晴虎は一語一語はっきりと発音した。

「防犯カメラですって？」

けげんな声で前野は訊き返した。

「そうです。あなたが午後六時に横浜駅近くにいたというのは事実ではない。それを証明できる防犯カメラの映像を入手しました」

一瞬沈黙した後、前野は高笑いを始めた。

「わははは、これは傑作だ」

あまりに大きな笑い声に、晴虎は驚いた。

「何をそんなに笑うんですか」

「うちのマンションの防犯カメラの記録は一ヶ月しか残ってないんですよ。いまさらそんなビデオが見つかるはずないでしょうが」

前野は食って掛かった。

「さすがに保存期限はチェックしてたんですね」

問うに落ちず語るに落ちるとはこのことだ。

「だから、ふざけるのはやめて下さい。もう切ってもいいですか」

いまいましそうに前野は言った。

「前野さん、何を勘違いしてるんですか」

晴虎はちょっと厳しい声を出した。

「勘違いだって？」

前野の声が尖った。

「そうですよ。港北区のあなたのマンションのことなんて言ってませんよ」

「だったら、どこの防犯カメラなんですか」

「都筑区のマンションのカメラですよ」

晴虎はゆっくりと言った。

「え……」

前野が絶句した。

「そうです。美穂さんのマンションです。別れるまであなたが通っていた部屋です。幸いにもあちらのマンションは記録を一年間残していましてね」

「そんなバカな」

前野の声がかすれた。

「いま、動画からのキャプチャ画像を送ります」

晴虎がスマホをタップすると、一瞬、画面が切れて、諏訪が送ってきた画像が表示された。

前野は口をつぐんだ。

「あなたが美穂さんのマンションに合鍵を使って忍び込むところが、きちんと映っています」

有無をいわせぬ調子で晴虎は指摘した。

「こ、こんなことって」

前野の声は大きく震えていた。

「一枚目は事件当日の午後六時二分です。二枚目は同一七分。あなた、横浜で映画観てたんじゃないんですか」

晴虎は静かに、しかし、しっかりと詰め寄った。

「そ、それは……」

前野の声は聞き取れないほど小さかった。

「あなたは合鍵を作ってたんですね。その鍵で美穂さんのマンションに忍び込んだんだ。

美穂さんが不眠症だったことも知っていたんでしょう。それで、美穂さんが医師から処方されていた睡眠導入剤と同じものを用意しておいた。この日は凶行に使ったヘアアイロンや自殺を図ったと見せかけるためのナイフを盗み出したんです。違いますか？」

返答はなかった。

「前野さん、聞いてますか」

スマホを落とす音がスピーカーから聞こえた。

「前野さん？」

呼びかけに反応はなかった。

晴虎はチャットを終了して、江馬に電話を掛けた。

「江馬、聞こえてたな」

「はい、北川館にいる松尾たちにとりあえず、前野の身柄を押さえるように伝えました」

「素早いな」

「わたしは武田さんの元部下ですよ」

「とりあえず任意で引っ張れ」

「了解です！」

江馬は嬉しそうに答えた。

「……と、宇佐美管理官に進言してくれ」

そういうしかなかった。

晴虎は江馬の上司ではないし、捜査一課員に下命できる立場でもない。

自分は丹沢湖駐在所員なのだ。

「そ、そうですね」

江馬の声が引きつった。

「頼んだぞ」

「はい、わかりました」

電話を切った晴虎は、岡部に向き直ってはっきりと伝えた。

「前野を任意同行で引っ張るように前線本部に伝えました」

「これで姉も浮かばれます」

岡部はすっかり態度を変えていた。

表情がやわらかく明るいものになっている。

本来の岡部の姿が現れたのだと、晴虎は感じていた。

憑き物が落ちたという形容がぴったりだった。

「では、岡部さん、ほかの者を呼んでもいいですね？」

晴虎は静かに訊いた。

「はい、ありがとうございました」

岡部は晴虎に向かって深々と頭を下げた。

「おい、海野、岡部さんが説得に応じてくれた。入ってこいよ」

晴虎は海野にひと言だけ電話を入れた。

次の瞬間、建物入口からSIS隊員たちが算を乱して踏み込んできた。

手に手にベレッタM92バーテックを構えている。

「銃をしまえっ」

晴虎は腹の底から声を出して隊員たちを怒鳴りつけた。

「岡部さんは投降したんだ」

静かな声に戻って晴虎は言葉を継いだ。

「はっ、すみません……全員、拳銃をしまえ」

海野は気まずそうに隊員たちに下命した。

隊員たちはいっせいに拳銃をホルスターにしまった。

「よし、それでいい」

晴虎はゆっくりうなずいた。

「武田さん、爆発物はどれですか？」

海野が声を改めて訊いた。

「あの紙袋だ。時限装置は停止している」

晴虎は床に置いてある紙袋を指さした。

「いちおう爆処理を呼んでいます。望月、爆処理が来るまでここへ残れ。資材運搬車は置いてゆく」

「はっ、ここへ残ります」

望月が歯切れよく答えた。

「それから、これが押収した拳銃だ」

晴虎は海野にザックから出したマカロフを渡した。

「お預かりします」

海野は拳銃を受け取った。

「では、岡部さんを頼むぞ」

海野は無言であごを引いた。

「岡部さん、ご同行頂けますね」

穏やかな調子を作って海野が尋ねた。

「お騒がせしました」

岡部は素直に手を前に突き出した。

仁科が歩み寄って岡部の両手に手錠を掛けた。

「岡部正教、四時一九分、あなたを逮捕・監禁の現行犯で逮捕します」

海野が宣告した。

岡部はふたたび身体を折った。

「大森さん、大変でしたね。お怪我はありませんか」

海野が気遣わしげに訊いた。

「怪我なんてない。安心したから、ちょっとお腹が空いたけど」

「北川館までお送りします」

葛山が目尻を下げて嬉しそうに言った。

「お願いします」

愛美は華やかに笑った。

「俺はこんな淋しいところに残るのに……」

望月がむくれた。

「では、参りましょうか」

海野の言葉に、岡部があわてたように言った。

「ちょっと待って下さい」

岡部は愛美に向き直って頭を下げた。

「大森さん、何の罪もないあなたに本当につらい思いをさせてしまいました。お詫びしてもお詫びしきれない。許してもらえるとは思わない。だけど、謝らせて下さい」

「いいのよ。あなたに感謝しているところもあるの」

愛美は微笑みを浮かべて答えた。

「え？　なんですって」

岡部の声が裏返った。

「そりゃあ長い時間つらかったよ。本当に寿命が縮まった……でもね、岡部さんのおかげ

みたいなことになってたかもしれない。だから許してあげる」

で、前野がどんな男かよくわかった。このままつきあってたら、わたしだって千尋さん

愛美は艶やかに笑った。

岡部は手錠をしたまま、がばっと地にひれ伏した。

「申し訳ありませんでした」

岡部は冷たい床に顔をつけた。

「顔を上げて……裁判のときはわたしもちゃんと本当のことを証言する。あなたはずっとジェントルだったよ。殺されるって不安がなければ、意外と楽しかったかも。あなたのお姉さんを思う気持ちには、ちょっとじーんと来ちゃった」

愛美はやさしく言って、岡部の肩にかるく手を触れた。

顔を上げた岡部の両の瞳に涙がにじんでいた。

「もういいですか」

海野の言葉に岡部は照れくさそうに立ち上がった。

「はい……お願いします」

岡部と愛美を連れて建物から出るところで、ＳＩＳ隊員たちは整列した。

「班長、お疲れさまでした」

海野がかしこまって声を掛けてきた。

「バカ、俺はもう班長じゃないって言ってるだろ」

晴虎はわざと海野を睨（にら）みつけた。

だが、海野は平気の平左だった。

「武田班長に敬礼っ」

海野の号令で、ＳＩＳ隊員全員が挙手の礼をした。

晴虎も挙手の礼で応えた。

今夜、彼らと一緒に仕事できたことは幸せだった。

建物から出て行く海野たちを見送ると、ぽつねんと座っている望月に声を掛けた。

「望月、もうすぐ美女がやって来るぞ」

「ええ、川口春奈みたいな女が来るのを待ってますよ」

やけくそのように望月は答えた。

「尻尾（しっぽ）が生えてるかどうか確かめてから抱きしめろ」

「はい、忘れずにお尻を見ます」

「お疲れ」

晴虎は望月の肩をぽんと叩いた。

「お疲れさまでした」

晴虎は出口へ踵（きびす）を返した。

「俺、マジで班長みたいな刑事を目指しますよ」

背後から望月の声が飛んできた。

「おまえはいつまでもバカだな」

晴虎は背中で答えて建物を出た。

裏庭でロープを回収し、表の土の道から犬越路林道に戻った。

林道ゲートに着くと、ジムニーパトのラゲッジルームにザックを放り込んで、エンジンを掛けた。

前線本部にはすぐに着いた。

晴虎が入ってゆくと、室内にいた捜査員が拍手で出迎えた。

「明日の日曜、西丹沢周遊コース歩きませんか」

秋山も残っていてにこやかに声を掛けてきた。

「畦ヶ丸、加入道山、大室山、檜洞丸ってとこですよ。ふつうなら一〇時間以上のコースだけど、僕と駐在さんなら八時間で歩けますよ」

「すみません、明日は出かけるところがあるんです。来週行きましょう」

「来週だと梅雨（つゆ）に入っちゃいます。まず間違いなく、カッパ着て一日ですよ」

「そうですか……。まぁ、晴れたら歩きましょう」

「楽しみにしてますよ」

秋山は楽しそうに笑った。

晴虎はテーブルの前に座って書類を読んでいる宇佐美管理官のところに歩み寄った。

「おお、お疲れさん」

宇佐美管理官は顔を上げてねぎらいの言葉を掛けてくれた。

「このたびは多々ご迷惑をお掛けしました」

晴虎は宇佐美管理官に向かって頭を下げた。

「そうだな、わたしの血圧をどれだけ上げてくれたことか」

宇佐美管理官は苦々しげに答えた。

「どんな処分でも覚悟しております」

本気だった。

指揮命令系統を無視した勝手な行動を取り続けた。こまかい法令違反もたくさんあった。減給でも停職でも仕方ないと思っていた。

「処分だと？　血圧を上げただけで処分するんなら、毎日、刑事部から何人も処分しなきゃならんよ」

宇佐美管理官はとぼけた顔で笑った。

「しかし……」

晴虎は答えに窮した。

「武田くんが、すぐれた刑事だったことはわかった」

皮肉な調子ではなかった。

「はぁ……」

ふたたび晴虎は返事に困った。

「しかし君は最低の警察官だ。しかも、いまはもう刑事じゃない」

宇佐美管理官はにやっと笑った。

「はい、松田警察署地域課丹沢湖駐在所員です」

晴虎は、わざとしゃちほこばって答えた。

「そうだ。そのことをいつも忘れないでくれ」

「はい、肝(きも)に銘じます」

「あ、言い忘れたが」

ふたたび宇佐美管理官はにやっと笑った。

「なんでしょう」

「よくやった」

宇佐美管理官はにこやかに微笑んだ。

「ありがとうございます」

晴虎は頭を下げて踵を返した。

登山センターの建物を出た晴虎の目に、東側の雑木林の上にひろがる暁(あかつき)の空が飛び込んできた。

インクブルーから始まって薄紫、コーラル、ブラッドオレンジへと続くグラデーションは、息を呑むほどの美しさだった。

「なんてきれいなんだ」

晴虎は思わずつぶやいた。

新緑の吐き出す朝の香りがいっぱいに漂っている。

この西丹沢の地で勤めていることの素晴らしさを、晴虎は身体全体で感じた。

林の木々で夜明け時の小鳥たちのさえずりがやかましいほどに響いていた。

【3】

翌日の日曜日は、きらきらと輝く陽光がまぶしい好天だった。

晴虎は鎌倉（かまくら）の海の見える高台の寺を訪ねていた。

毎月七日は妻の月命日だった。

妻はこの寺の本堂から道を挟んだ反対側の丘にひろがる墓地に眠っている。

鎌倉は子どもの頃に一時的に過ごしたことがあるだけの街だが、晴虎の先祖代々の墓はこの寺にあった。父も母も祖父母もここに葬（ほうむ）られている。

本当は夫婦だけの墓を持ちたかった。

とつぜんに妻を失い、途方に暮れた晴虎は、妻の遺骨を先祖代々の墓に葬るしかなかった。

「すごく素敵なお寺ね。アプローチの階段はあじさいに囲まれてるし、向こうに青い海が見えるなんて。あたしもこんなお寺に眠りたいなぁ」

かつて父の命日にこの墓地に来たときに妻はそんなことを言ってはしゃいでいた。

もちろん気楽な気持ちで口にしたひとことだったのだろう。しかし、まさかこんなに早くそれが現実のことになってしまうとは夢にも思っていなかった。

「沙也香……おまえはなぜ俺を置いていったんだ」

墓にひしゃくで水を掛けながら、晴虎は妻に呼びかけた。

「おまえの笑顔は見られない。おまえの声は聴けない……。いまの俺は本当の自分を見失っているような気がする」

あたりに誰もいないのをいいことに、晴虎は思いのたけをぶちまけた。

妻の生命はあの日、とつぜんに奪われた。

晴虎はすべてを喪った。

「だけど、西丹沢で少しは変われるかもしれない。沙也香、俺はむかしの自分を取り戻せるだろうか」

晴虎は妻の墓の前で静かに笑った。

「いつかきっと……」

晴虎の目は涙でかすんだ。

振り返らずにゆっくりと晴虎は墓地を後にした。

墓地のまわりには、たくさんの小鳥たちがさざめいていた。

丹沢湖のバス停には時間通りに四時四〇分に着いた。

バスを降りると、三〇メートル先の駐在所の前に一人の子どもが座り込んでゲーム機で遊んでいる。

甘利泰文だった。今日はオレンジ色の綿パーカーにふつう丈のデニムを穿(は)いている。

「泰文くん」

晴虎は声を掛けながら歩み寄っていった。

「ハルトラマ〜ン」

立ち上がった泰文はこちらに手を振ってきた。

「いまごろこんなところで、なにしてるんだ？」

駐在所の入口まで来た晴虎は、無理に笑顔を作って訊いた。

「ハルトラマンを待ってたんだよ」

泰文はにかっと笑った。

「なんだ？　ハルトラマンって？」

「学校の子たちがおまわりさんのことそう呼んでるんだ」

「え？　わたしのことか？」

驚いて晴虎は訊き返した。

「僕だって助けてもらっただろ。みんな言ってるんだ。おまわりさんはスーパーヒーローだって」

晴虎の名前とウルトラシリーズのあのウルトラマンを掛けたわけだ。

「よしてくれよ」

晴虎は顔の前で手を振った。

「照れなくていいよ」

にやっと泰文は笑った。

「別に照れてないさ」

「僕は別にハルトラマンのことヒーローだなんて思ってないから」

泰文らしい答えに晴虎は笑いそうになった。

「それでけっこうだ」

だが、昨日の土曜日に学校の友だちと遊んでいたのならよかった。

「ところで、バスで来たのか？」

「うん、四時一分のバスで来た。時間通りについたよ」

「四〇分も待っていたのか」

晴虎は驚いて訊いた。

「ゲームやってたから別に平気だった」

「そうか……」

泰文はいったい何しに来たのだろう。

嫌な予感が走った。

「おとついはありがとう。生命を助けてくれて」

泰文は素直に頭を下げた。

礼を言いに来たのか……。

「どういたしまして。無事でよかったよ」

「死ぬとこだったんだね」

「そうとも、増水した川は怖いんだ。なんであんな岩の上にいたんだい？」

あれから忙しすぎて、事情を聴いていなかった。

「あんとき、僕ドローンで遊んでたんだ。先週買ってもらったばかりのカメラつきの」

この子のことだから、沢ガニとりなどではないと思っていた。

自分と雪枝の前から逃げ去った後、家にドローンを取りにこっそり戻っていたのか。

あのとき大岩のまわりでは見かけなかったが、すでに濁流に流されていたのだろう。

「そうか、ドローンがあの大岩に不時着しちゃったのか」

晴虎の問いに泰文は大きくうなずいた。

「うん、三個ついてたバッテリーのうちの一個がヘボだったみたいなんだ。それで取りにいってバッテリーの調子とか見てたら、急に水が増えちゃったんだよ」

あのときのことを思い出したのか、泰文は身体を震わせた。

「もう、雨の後に川に入っちゃダメだよ」

「うん、あんな怖いのもうイヤだよ」

泰文はポケットに手を突っ込むと、白黒の小さな物体を掌に乗せて差し出した。

「これあげる」

パトカーのミニカーだった。警視庁とボディの横に書いてある。

きれいなのでほぼ新品だろう。

「悪いよ」

子どもからのプレゼントなど初めてなので戸惑った。

「別に平気だよ。たくさん持ってるから」

泰文の表情を見ると、断れなくなった。

「そうか、じゃあ駐在所に飾っておくよ。ありがとうな」

泰文は照れくさそうにうなずいた。

「で、わざわざお礼言いに来てくれたのか」

「違うよ。通報に来ました」

嫌な予感は当たった。

「なんの通報？」

あえてとぼけて晴虎は訊いた。

「児童虐待」

けろりと泰文は答えた。

「今度はなにがあった？」

「ママがご飯食べさせてくれないんだ。夕ご飯は食べなくていいって言ってる。立派な児童虐待だろ」

　泰文は平気な顔で訴えた。

「パトカーに乗れ」

　親指を後ろに突き出して晴虎は声を張った。

「あのダサいヤツか」

　からかうように泰文は言った。

「嫌なら北川まで歩いて行くぞ」

「嘘だよ、歩いて帰るのなんてイヤだ」

　泰文は情けなさそうな顔をした。

　手をつないでやると、泰文は嬉しそうに握り返してきた。

　これが駐在所員の仕事なんだ。

　晴虎はこころのなかでつぶやいた。

　地域に溶け込み、住民と共に生きてゆく。

　この西丹沢に住む人々の暮らしの安全を守ることが、いまの自分の使命なのだ。

　新しい希望は必ず見えてくる。

　菰釣山の方向からシャンパン色の西陽(にしび)が全身に降り注いでいる。

　涼やかな夕風が新緑の香りを乗せて流れてゆく。

山も湖もすべてが輝いている。
西丹沢の美しい夕方の始まりだった。

本書はハルキ文庫の書き下ろしです。
本作品はフィクションであり、登場する人物、団体名など
架空のものであり、現実のものとは関係ありません。

ハルキ文庫

な 13-7

SIS(エスアイエス) 丹沢湖駐在(たんざわこちゅうざい) 武田晴虎(たけだはるとら)

著者 鳴神響一(なるかみきょういち)

2021年5月18日第一刷発行

発行者 角川春樹

発行所 株式会社角川春樹事務所
〒102-0074 東京都千代田区九段南2-1-30 イタリア文化会館

電話 03(3263)5247(編集)
03(3263)5881(営業)

印刷・製本 中央精版印刷株式会社

フォーマット・デザイン 芦澤泰偉
表紙イラストレーション 門坂 流

ISBN978-4-7584-4408-8 C0193 ©2021 Narukami Kyoichi Printed in Japan
http://www.kadokawaharuki.co.jp/[営業]
fanmail@kadokawaharuki.co.jp[編集] ご意見・ご感想をお寄せください。